读客外国小说文库

激发个人成长

万能管家吉夫斯

4 行啦，吉夫斯

[英] P. G. 伍德豪斯 著

王林园 译

P. G. WODEHOUSE

RIGHT HO, JEEVES

RIGHT HO, JEEVES

P.G. WODEHOUSE

目 录

第一章

“吉夫斯，”我说，“我有话直说你不介意吧？”

“自然不会，少爷。”

“听了我的话你不要伤心哪。”

“绝对不会，少爷。”

“那好，我说了——”

不对——等会儿，先别挂线。我把故事讲坏了。

不知道各位有没有过这种经历：反正我每次说故事都会遇到这么个难题，那就是不知道该打哪儿起头是好。起头这件事谁也不想搞砸吧，因为一失足就掉下去了。我是想说，要是起头起得太长，想渲染一下所谓的“气氛”，用诸如此类的文学手法，那就进不了正题，客官们可就要走人了。

但与此相反的问题是，要是像烫了脚的猫似的嗷一声跳进正题，听众却又茫茫然不知所谓。大伙儿都要扬起眉头，搞不懂你在讲什么。

我要叙述的这桩案件，情节错综复杂，当事人包括果丝·粉克-诺透、玛德琳·巴塞特、我家表妹安吉拉、达丽姑妈、汤姆叔叔、大皮·格罗索普，还有大厨阿纳托。但用上述对话来作开场白，我发现自己犯下了这两大失误中的后者。

我得稍稍往回倒一倒。经过一番通观全局、左右权衡，我断定这场事件的始作俑者（这个词应该没用错），就是戛纳之行。要是没去戛纳，我就不会结识那位巴塞特，也不会买那件白色晚礼服，安吉拉呢，也不会碰上她那条鲨鱼，而达丽姑妈也就不会赌百家乐牌。

的确，完全可以肯定，戛纳正是“不完达普义”[1]。

这就行啦。容我先交代一下事实。

我动身去戛纳，但吉夫斯没有随行，因为当时正值六月初，他表示不希望错过雅士谷赛马会。与我同行的就剩达丽姑妈和她的千金安吉拉。安吉拉的未婚夫大皮·格罗索普本来也打算一起来的，但末了发现脱不开身。达丽姑妈的丈夫汤姆叔叔则留在了家里，因为他最受不了法国南部的风气，给多少钱也不成。

所以这就是开篇布局——达丽姑妈、安吉拉表妹和本人，在六月初左右启程前往戛纳。

目前为止一切还都清楚明白吧？

我们在戛纳逗留了大概两个月，其间达丽姑妈赌百家乐输了个精光、安吉拉玩滑水板差点被鲨鱼一口吞掉，除此以外我们都玩得很尽兴。

七月二十五日，一身古铜色而健美的我陪同姑妈及其女动身返回伦敦。七月二十六日晚七时抵达维多利亚车站。七时二十分许，大家互道珍重后分手，两位女士钻进达丽姑妈的汽车，返回

1 法语，意为支点。（本书注释，如无特别说明，均为译者注。）

伍斯特郡的居所布林克利庄园，并准备一两天内接待大皮。而我则返回公寓，扔下行李，梳洗一番，穿好西服打好领带，准备出门去螽斯俱乐部填肚子。

我在公寓里洗刷了久欠打理的皮囊，一边用毛巾擦拭干净，一边跟吉夫斯聊这聊那，就在这期间，吉夫斯突然间提起了果丝·粉克-诺透。

据本人回忆，我们的对话大略如下：

本人：啊，吉夫斯，又一切如常了哈？

吉夫斯：是，少爷。

本人：我是说又回来啦。

吉夫斯：不错，少爷。

本人：感觉走了好久哇。

吉夫斯：是，少爷。

本人：赛马会好玩儿吗？

吉夫斯：非常尽兴，少爷。

本人：赢到了吗？

吉夫斯：十分令人满意，多谢少爷。

本人：那敢情好。吉夫斯，园子里有什么动向？我不在的这段日子，有谁致电拜访什么的？

吉夫斯：少爷，粉克-诺透先生是府上常客。

我不禁一愣。其实说张口结舌也不为过。

“粉克-诺透先生？”

“是，少爷。”

“你说的不是粉克-诺透先生吧？”

“是，少爷。”

“粉克-诺透先生不会也在伦敦吧？”

“正是，少爷。”

“哎呀，见鬼了。”

至于我为什么觉得见鬼了，原因如下：我认为吉夫斯的供词相当不可信赖。这位粉克-诺透呢，属于人生之旅中难免时不时遇到的几位怪客之一。他受不了伦敦，所以任凭身上爬满青苔，常年住在林肯郡一个偏僻的村落，就连每年伊顿对哈罗公学的板球比赛也不肯来看。有一回我问他，手上是不是有大把时间不知如何消遣，答案是否，因为他院子里有个池塘，他就专门研究水螈的生活习性。

是什么风把这位老兄吹到伦敦城里来，我还真想不出。我原本可以打包票，只要水螈的供货没出问题，凭什么也没法把他从乡下抖出来呢。

“你确定？”

“是，少爷。”

“名字没记错吧？是粉克-诺透？”

“是，少爷。”

“啊，真是不可思议。他上回来伦敦，估计得是五年前的事儿了。他一进伦敦就烦，根本懒得掩饰。他可是在乡下生了根，围着水螈过日子的。”

“少爷是说？”

“水螈啊，吉夫斯。粉克-诺透先生有严重的水螈情结。你肯定知道水螈吧。就是那种长得像蜥蜴似的小东西，在池塘里头窜来窜去的。”

“哦，是，少爷。属于两栖纲有尾目蝾螈科下的水生类。”

“嗯嗯。这个果丝啊，一直对水螈服服帖帖的，上学的时候就开始养。”

“我相信小少爷们经常如此，少爷。”

“当时他在自习室里面放了一个玻璃箱养着，我还记得那玩意儿臭气熏天的。我琢磨当时就该看出苗头不对，但是我们这群男生啊，不长记性，什么事也不上心，都各忙各的，所以对果丝的这个怪癖也没怎么留意。偶尔想起来也就感叹一下林子大了什么鸟儿都有，但仅此而已。结局你该猜到了。麻烦就这么来了。”

“是吗，少爷？”

“可不是，吉夫斯。他的兴趣越来越浓，水螈攫住了他。成年以后他就隐居在乡下，把生命献给了那些不会说话的家伙。我估计他可能还劝过自己说拿得起放得下，结果呢，发现的时候一切都太迟了，他已经无力回天啦。”

“世事往往如此，少爷。”

“一点儿不错，吉夫斯。反正这五年里他一直窝在林肯郡，闭门做了隐士，恨不得每隔一天就要给玻璃箱换换水，连个人都不肯见。所以你刚才说他突然间冒了出来，我可是大吃了一惊。这会儿我还是不大敢相信。我琢磨着莫非是出了什么岔子，来的这家伙该是跟他一个姓的什么人吧。我认识的这位粉克-诺透戴着牛角框眼镜，一张鱼脸。你再核实一下，是不是同一个人？”

“到府上来的这位先生的确戴着牛角框眼镜，少爷。”

“长得还有点像砧板上的生物？”

“可能的确让人联想到水族类，少爷。”

“那估计就是果丝没错了。但究竟是什么风把他吹到伦敦来的？”

“这点容我解释，少爷。粉克-诺透先生对我透露，此次都会之行的目的，全是为了一位小姐。”

“一位小姐？”

“是，少爷。”

“你是说，他恋爱了？”

“是，少爷。”

“哎呀，真要命。真是要命啊，绝对是要了命了，吉夫斯。”

这是真心话。我是说，玩笑归玩笑，但总该有个底线嘛。

说到这儿，我又想到了这桩奇事儿的另一层。假定果丝·粉克-诺透的确坠入了爱河，虽然从年表记录来看可能性为零，他又怎么会频繁跑到我这儿来？自然，像他这种情况倒是需要一个朋友，但我搞不懂他怎么偏偏选上了我。我们说不上是至交，当然了，以前还算往来密切，不过最近这两年来他可是连张明信片都没给我寄过啊。

我向吉夫斯倾吐了这些疑点。

“奇怪，他怎么会来找我呢？话说回来，来就来吧，来也来了，也没什么可讨论的。我不在家，这可怜的煞星一定失望透了。”

“不，少爷。粉克-诺透先生前来并不是为见少爷你。”

“醒醒，吉夫斯。你刚才还说他登门拜访，而且还是一股锲而不舍的劲儿。”

“少爷，他上门的目的是联系我。”

“找你？但你不是根本不认识他吗？”

“的确，此前我们素不相识。是这样的，粉克-诺透先生的大学同窗西珀里先生建议他前来咨询我的建议。”

迷雾散去了。我恍然大悟。大家一定知道，谋略家吉夫斯的名声在鉴赏家中早已传开，所以我这个小圈子里无论谁有了什么大小难题，第一个举动就是一骨碌来找吉夫斯。他帮甲君走出了困境，甲君就向乙君推荐，然后呢，他搞定了乙君的问题，乙君又把丙君送上门来。以此类推，诸如此类，大家能跟上我的思路吧？

吉夫斯就这样做起了解难生意。老好西皮当时想跟伊丽莎白·莫恩小姐求婚，吉夫斯帮他出谋划策，我知道西皮是打心里佩服。所以西皮建议果丝也来找吉夫斯，也就没什么奇怪了。可以说纯粹是例行公事嘛。

“啊，那你就要为他作嫁了？”

“是，少爷。”

“我总算懂了，彻底明白了。果丝哪里有问题？”

“少爷，说来也巧，他和西珀里先生如出一辙。我当时略尽绵力，帮助西珀里先生走出了困境，少爷一定还记得。他深深爱恋着莫恩小姐，但因为天生性格内向，以至于无法开口表白。”

我点头同意。

“记得。没错，西珀里这事儿我有印象，他就是不知如何下手嘛。很明显的临阵退缩，是吧？我还记得你当时说，他就是……是什么来着？让什么什么怎么怎么的。像什么猫，要是我没记错的话。”

“让‘不敢’耽搁了‘想要’，少爷。”

“对对！那猫是怎么回事？”

“如同一只畏首畏尾的猫。”

“一点不错。这些词儿你都怎么想出来的？打死我也不行。你刚才说果丝的情况是一样的？”

“是，少爷。他每次一打算求婚，就瞬间丧失了勇气。”

“可他要是想娶到这位女士，就总得说出来不是？我说，礼貌起见，总是要提一提的。”

“正是，少爷。”

我沉思了一会儿。

“哎，看来是不能避免了，吉夫斯啊。我以前做梦也想不到粉克-诺透这家伙居然也会成为那什么力量的阶下囚，不过既然如此，他觉得这事儿棘手也是自然的。”

“是，少爷。”

“瞧瞧他过的日子。”

“是，少爷。”

“估计他多少年都没跟女士们讲过话了。吉夫斯，这对我们所有人都是一个教训啊，做人不能把自己关在乡下呆望着玻璃箱。要是这么过日子，那就没法成为支配这世界的男性什么的。生活只给我们两种选择：一是把自己关在乡下呆望着玻璃箱；二是追求女士手到擒来。两者不能兼得啊。”

“是，少爷。”

我又沉思了一阵。刚刚说过，我跟果丝基本断了音讯，尽管如此，对这可怜的鱼脸我还是很挂怀的，我对那些踩到人生之香蕉皮的朋友一向如此，不管他是亲还是疏。我感觉果丝脚底下就有一块香蕉皮。

我把思绪拉回到和他最后一次碰面的情形。大概是两年前吧，都那么久了。那次我开车出游，顺路拜访，结果他那架势让我立刻没了胃口：他把几只绿色长腿儿的东西带到了餐桌上，并且像新妈妈那样呵护备至，最终成功地把其中一只掉进了沙拉里。这画面浮现在我的眼前，不得不说，这让我对这呆瓜求婚并且被接受的本事没什么信心，再一想到他相中的这位姑娘可能是个涂着红唇、眼风凌厉、目光不善的现代女性……十有八九她就是。

“吉夫斯，给我讲讲，”我做好了最坏的打算，“果丝的心上人是怎么样的姑娘？”

“我与这位女士有过一面之缘，少爷。粉克-诺透先生毫不保留地称赞她的魅力。”

“看来是很喜欢她咯？”

“是，少爷。”

“有没有提她叫什么名字？可能我认识呢。”

“是位巴塞特小姐，玛德琳·巴塞特。”

“真的？”

“是，少爷。”

我兴趣陡增。

“老天爷！吉夫斯啊，真没想到，世界可真是小，你说是不是？”

“这位女士是少爷你的旧相识吗？”

“我跟她可熟着呢。你这么一说我就放心了，吉夫斯。我看这事儿搞不好还真行得通呢。”

“是吗，少爷？”

“可不是。你报告这条消息以前，我得承认，我打心眼儿里怀疑老果丝这只可怜虫怎么能吸引不管谁家的姑娘迈上教堂的红地毯。我这么说你同意吧？他可算不上人见人爱。”

“少爷你的说法似乎确有几分道理。”

“埃及艳后就不会看上他。”

“很可能不会，少爷。”

“估计他跟班塔鲁拉·班克海德小姐[1]也处不到哪儿去。”

“是不会，少爷。”

“你一说果丝钟情的对象是巴塞特小姐，啊哈，吉夫斯，那还是有点希望的。他这种小伙子，八成正是巴塞特小姐梦寐以求的呢。”

这位巴塞特呢，我得解释一下，是在戛纳度假的时候结识的。她跟安吉拉成了闺密（女孩们就是这么爱交闺密），因此我也就领教过她一点。哎，有几回闷闷不乐的时候，我简直觉得随便动弹一下脚趾头就要撞上她似的。而我之所以感到如此痛苦如此煎熬，是因为我们见面的次数越多，我就越跟她没话说。

大家都知道，世界上有这么一种女性，她们能让人一蹶不振。这么说吧，她们似乎有种本事，能让人声线麻痹、大脑化成糨糊。这位巴塞特对我就有这种影响，足以让堂堂的伯特伦·伍斯特多次接连几分钟摆弄领带、坐立不安，总而言之在她面前表现得像块呆木头。等到她先我们两周打道回府的时候，大家足可以想见，这在伯特伦看来，真是相别恨晚。

1 美国戏剧界传奇女演员。

必须指出，并不是她的美貌让我舌头打结。这位姑娘还算长得不错，就是那种娇弱的、金发、大眼睛的姑娘，不过不是颠倒众生那样的。

一位平日与女性相谈甚欢的健谈者，这下子彻底粉碎破灭，是因为她的精神态度。我不想胡乱给谁安名号，因此我不敢说她是个女诗人，不过她的话语机锋就是会让人心里疑窦丛生。嗨，我想说的是，要是有位姑娘毫无由来地问你，觉不觉得星星是上帝的雏菊项链呀，你肯定是要有点想法的。

有鉴于此，她的灵魂和我的灵魂也就没法子成为伴侣了。但是换成果丝的话，那情形就不能同日而什么了。这位小姐让我碍手碍脚的方面，即她那一身显著的理想主义、多愁善感等毛病，对果丝来说可是相得益彰。

果丝生来就是深情款款的梦想家一类，不然也不可能把自己囚在乡下侍奉水螈了。可以想象，只要想办法让他吐露出胸膛里温热的字句，他跟那巴塞特就能像火腿配鸡蛋一样，一拍即合。

“她太适合果丝了。”我说。

“这真让人欣慰，少爷。”

“果丝也特别适合她。总之呢，这是桩美事，一定要全力以赴地撮合。吉夫斯，调动你的每一根神经。”

“遵命，少爷，”他忠厚地应道，“我会立即着手解决。”

到此时为止，各位一定会同意，气氛是多么完美，多么和谐啊。主仆两人友好地闲谈，日子甜如蜜。但就在这个节骨眼，我很遗憾地看到，出现了一个不和谐的变故。天气陡然一变，乌云开始聚集，我们还没摸清状况，就“咣当”弹出一个刺耳的音符。类似的情况以前在伍斯特家里也出现过。

我预感到事情不妙，第一个线索是从地毯附近传来的那声纠结而不满的轻咳。容我解释一下，在我们聊天的空当，我擦干了皮囊，开始不紧不慢地穿戴，这儿套只袜子，那儿蹬只鞋，最后把自个儿塞进背心、衬衫、领带、及膝外套，而吉夫斯呢，就在旁边弯着身子开箱收拾我的行装。

他这会儿直起腰，手中提着一件白色的什物。一看到此物，我就预感到新一轮家庭危机已然来临，两个意志强大的男性之间不幸再次发生思想的交锋，而伯特伦必须牢记他那些骁勇的先辈们，并为自己的权利而战，否则就要被压服。

不知道今年夏天大家有没有去戛纳玩儿。去过的话就一定会记得，任何人，只要立志成为晚会上的灵魂和焦点人物，那他去赌场参加酒会的时候，就要例行在日常的晚装西裤上头搭一件镶铜纽扣的白色晚礼服。自打在戛纳火车站登上返程的蓝色特快[1]以来，我就时不时地担心吉夫斯会有什么反应。

在晚礼服的问题上，吉夫斯一向守旧落后冥顽不灵，之前我就因为软襟真丝衬衫跟他闹过别扭。而关于白色礼服的问题呢，虽然我说过在蓝色海岸是大肆风行——“杜色儿里牙德稀客”[2]——但即便是穿着迫不及待买来的这件宝贝踏进棕榈滩赌场的时候，我对自己也不敢有一点儿欺瞒：回家以后它怕要引发一场动荡。

我已经打算坚持到底了。

“怎么了，吉夫斯？”虽然我的声音温和可亲，但是近距离观察我的双目就会发现，里面正射出刺骨的寒度。对于吉夫斯的

1　加莱–地中海特快列车，法国豪华夜班特快，因车厢为深蓝色而得名。

2　法语：tout ce qu'il y a de chic，意为流行所在。

智慧我当然比谁都心悦诚服，但是他这种反仆为主的性格倾向，我认为必须加以扼制。这件白礼服可是我的心头宝贝，我要动用伍斯特先祖大人在阿金库尔之战中大败法国佬[1]的全部精气神儿，势必为它而战。

“怎么了，吉夫斯？”我问道，“你有什么想法吗？”

“少爷，恐怕少爷离开戛纳的时候无意间误拿了另一位先生的外套。”

我将寒度微微调高了一点。

“非也，吉夫斯，”我用平静的口吻答道，“你口中的这件衣服是我的，是我在戛纳买来的。”

“少爷穿过？”

“也就每天晚上。”

“但少爷一定没有打算回国也穿吧？”

我知道这是触到了症结所在。

“要穿，吉夫斯。”

“可是少爷——”

“你想说什么，吉夫斯？”

“少爷，这件衣服十分不相宜。”

“我不敢苟同，吉夫斯。我相信这件外套会大大受到瞩目。我打算明天在胖哥·托森顿的生日聚会上让它闪亮登场，很有把握地说，明天得到的赞叹肯定是从头到尾，绵绵不绝。不用多说了，吉夫斯。没得商量，不管你有什么反对意见，我是穿定了。”

1　阿金库尔战役（1415年），英法百年战争中英军打败法军的著名战役。

“遵命，少爷。”

他继续收拾行李，我也就放下了话头。反正这次我得了胜利，对手下败将落井下石，咱们伍斯特不是这种人。很快我就穿戴整齐，意气风发地跟吉夫斯道别，心中大发慷慨，就跟他说自己要在外头用餐，不如晚上放个假，出去看一场有益身心的电影什么的。算是伸出橄榄枝吧，大家懂我的意思。

他不大肯接受。

“多谢少爷，我要留下。”

我眯缝着眼睛打量他。

“吉夫斯，别是不高兴了吧？”

“不，少爷，我有约在先，因此需要留下。粉克–诺透先生说好今天晚上要上门。”

“啊，果丝要来是吧？那好，替我问个好。”

“遵命，少爷。”

“威士忌苏打招待，别的自便。”

“遵命，少爷。”

“那行啦，吉夫斯。”

我动身前往螽斯俱乐部。

我在俱乐部里正巧碰到了胖哥·托森顿，他大肆宣讲这场指日可待的同乐会，而此前我也通过那些线人听到了不少美妙的传闻，最后等我回到家已经快十一点了。

我一开了门就听到客厅里传出的说话声，而一走进客厅我就发现，说话的一个是吉夫斯，另一个一眼望去是魔鬼。

通过进一步观察，我认出此人正是果丝·粉克–诺透，他打扮成了红魔鬼梅菲斯特的样子。

第二章

“嗨，果丝。”我开口打招呼。

从表面上绝对看不出我有什么异样，但其实我心里可犯糊涂了。眼前这副景象不管是谁看了都要犯糊涂的。话说这个粉克–诺透在我印象当中是内向羞涩、畏畏缩缩的呆瓜一个，连请他去参加星期六下午的教区聚会，他也会紧张得像秋风中的山杨树那样瑟瑟发抖。但这回，要是我理解得没错，他这是准备去参加化装舞会，而这项娱乐活动就算对铁汉子来说也是出了名的不好对付。

不仅如此，他参加化装舞会——注意了——却没有像个有教养的英国绅士那样打扮成小丑皮埃罗，反而打扮成梅菲斯特，不用说，这就要求穿上红色紧身裤，还得贴上一副怪吓人的假胡子。

怪，不得不承认吧。不过喜怒哀乐都要不形于色，没教养的人才会大惊小怪，而我，就像刚刚提到的那样，礼貌淡定地跟他“嗨”。

他躲在灌木丛一样的胡须里咧嘴一笑——好像有点儿腼腆。

“啊，嗨，伯弟。”

“好久不见了，来一杯？”

“不用，多谢了，我马上就走，这回来就是想问问吉夫斯我这么打扮怎么样。你觉得怎么样，伯弟？”

哼，答案自然是“简直太丑了”。不过我们伍斯特家人讲究方式，并深谙待客之道，从不对房梁下的老朋友说他们有碍观瞻。我避而不答。

“我听说你上伦敦来了？”我轻描淡写地说。

“嗯，对。”

“多少年都没来过了吧？”

“嗯，对。”

“今晚是找乐子去啊。”

他打了个寒战。我注意到他神色慌乱。

“乐子！”

“对这场聚会还是狂欢什么的你不激动吗？”

“哦，我觉得还好吧，”他的声音平板单调，“我好像得走啦，十一点开始，我叫出租车在外头等着……吉夫斯，你去看看车还在不在？”

“遵命，先生。”

门关上了。屋子里的一切仿佛静止了，有点拘谨。我调了杯酒，而果丝这个自虐狂开始照镜子。最后我决定，最好还是跟他挑明我知晓他的近况，这样也许能让他放松下来，对一个充满同情心的过来人谈谈心事。我总结过，那些中了招的人最需要的就是一副好耳朵。

“我说果丝，隐士先生，”我说，“你的事儿我都听说了。”

“啊？”

“你那个小问题啊，吉夫斯全都跟我说了。”

他似乎没怎么放轻松。其实这很难说得准，因为这家伙可是埋在梅菲斯特的胡子下面，不过我觉得他红了红脸。

“真希望吉夫斯不要四处瞎嚷嚷。这事儿可是该保密的。”

这种口气我怎能允许。

“和少主人扯扯闲话怎么能叫四处瞎嚷嚷？”我的语气透出一丝谴责，“反正我都知道了，我首先要说的是，”为了给他鼓励打气，我压下了“这位女士是个讨厌的神经病”的主观意见，“玛德琳·巴塞特很迷人，是个好姑娘，和你是天造地设的一对儿。”

“你不会认识她吧？”

“我当然认识啦，我想不通的是你们俩怎么有联系。是在哪儿认识的？”

“在林肯郡，上上个星期她到我家附近做客。”

“那也说不通啊，我记得你从不登邻居的门。”

“是不登。是她遛狗的时候遇见的，当时狗爪子扎了根刺，她想拔掉，那条狗却开始冲她汪汪叫，所以我就出面了。”

“你取出了刺？”

“对。”

“然后对她一见钟情？”

“是。”

“哟，见鬼，有这么个天赐的大好机会，你怎么没抓住？”

“我不敢。”

“怎么回事？”

“我们聊了一阵子。”

“聊什么？”

“啊，就是鸟呗。”

“鸟儿？什么鸟儿？”

“就是当时碰巧周围有几只鸟儿，还聊了风景，就是这些呗。然后她说她要来伦敦，并且说要是我也在的话可以去找她。”

“这样你都没跟她拉一拉手吗？”

“当然没有。”

行了，我觉得再也无话可说了。要是一个人这么胆小如兔的，就连盛好了端到眼前的机会都不懂得善加利用，那他这事儿似乎完全没指望。但话虽如此，我提醒自己，念在这赔钱货跟我的同窗之情，为了老校友尽一份力那是义不容辞。

“行，”我说，“咱们看看还有什么办法，可能还有转机。不管怎么样吧，放心，我会替你这事儿出谋划策的。伯特伦·伍斯特是你的军师，果丝。”

“谢了，老兄。还有吉夫斯，当然，关键得靠他。”

我得大方地承认，我皱起了眉头。估计他是有口无心，不过我必须要说，这句话给我的刺激不只一点点。

大伙时常这么刺激我。他们就是要拐着弯暗示我，伯特伦·伍斯特就是个绣花枕头，这家里唯一有头脑有手腕的人是吉夫斯。这在我听来很刺耳。

而今天晚上这话在我听来尤其刺耳，因为我刚刚就觉得吉夫斯已经让我忍无可忍。我是指关于白礼服那件事儿。没错，我是成功叫他就范了，如前所述，用我不怒自威的人格力量将他压服，但我心里还是有点不高兴，怪他就不该起这个头。我认为，需要来点铁腕给吉夫斯瞧瞧。

“他有什么计划？”我生硬地询问。

“他对事情进行了一番思考。”

“他思考了是吧？”

“就是他建议我去参加舞会的。”

“原因呢？”

“因为巴塞特小姐也要去啊，其实就是她给我发的请帖。吉夫斯以为……”

“干吗不打扮成皮埃罗？”我打断他，问了一个一直困扰我的问题，“干吗要打破咱们的优良传统？”

“吉夫斯特别提醒我要穿成梅菲斯特。”

我吃了一惊。

“他提醒你的？他明确提到这身打扮？”

“对。”

“哼。”

“嗯？”

“没事，就是‘哼’！”

至于我为什么要说“哼！”，原因是吉夫斯非要为我那件完全正常的白礼服闹得满城风雨，那件衣服不仅仅是“杜色儿里牙德稀客”，而且绝对地“德·立客耳”[1]，可是他居然又怂恿果丝·粉克-诺透穿上猩红色紧身裤到处破坏伦敦市容。很讽刺是吧？这种表里不一的作风很招人怀疑。

1　法语：de rigueur，意为必不可少。

“他看皮埃罗有什么不顺眼的？”

“我觉得他也不是反对皮埃罗，他就是认为对我来说打扮成皮埃罗是不足以应付的。”

“没听懂。”

“他说，虽然皮埃罗看起来赏心悦目，但是缺少梅菲斯特的威严。”

“还是没明白。”

“哎，这是心理学，他说的。”

要是从前，听到这种话我肯定就要眼前一黑的，但是与吉夫斯的长期相处已经使伍斯特的词汇量得到相当大的扩充。吉夫斯对个体心理学有很深的造诣，因此每次一抛出这个球，我就如同猎犬一样紧追不放。

“哦，心理学啊？”

“对，吉夫斯认为衣装打扮能够影响思维方式，这副打眼的装扮会让我勇气倍增，他还说海盗船长的装束也有同样的效果。其实他最开始就建议打扮成海盗船长，但是我基于靴子的立场给否决了。”

我明白他的意思。生命中已然有太多的悲哀，穿着长筒靴的果丝・粉克-诺透诸君就不要再来添乱了。

“你勇气倍增了没有？”

“哎，说老实话，伯弟老伙计，没有。”

一股同情向我袭来。虽然这几年来断了联系，但我们毕竟相互做过对方的飞镖靶子啊。

“果丝，”我说，“听老朋友一句劝告，跟这场酒会保持一英里的距离。”

“可我以后就再也见不到她了。她明天要去乡下朋友家做客。还有，你不知道的。”

“不知道什么了？”

“吉夫斯的这个计划没准行得通呢。虽然现在我觉得自己很傻，但是在一群打扮各异的人中间我八成就不这么想了。小时候我就有过一次类似的经历，记得那次圣诞节聚会，大人们把我打扮成一只小兔子，我简直要羞死了。等到了聚会，发现周围一群孩子，其中有几个打扮得那是比我还丑啊，我于是立刻来了精神，开心地参加庆祝，最后还敞开肚皮美美地饱餐了一顿，结果坐在回家的车上撑得吐了两回。我就是想说，这事儿你可说不准。”

我掂量了一番。不用说，站不住脚。

“而且不得不承认，吉夫斯的办法从根本上来说很可行。穿上梅菲斯特这么扎眼的行头，我很可能会轻松搞定呢。颜色能引发不同的效果。比方说水螈吧，交配季节里，雄性水螈会呈现鲜艳的色彩，对它大有帮助。”

“可你又不是雄水螈。”

“要是就好了。你知道雄水螈怎么求偶吗，伯弟？它会站在雌水螈前面，不断震颤尾巴，并把身体弯成弧形。这个我头着地也能办到。我要是只雄水螈，那就不用犯愁了。”

“你要是只雄水螈的话，玛德琳·巴塞特才懒得瞅你一眼。我是说，不会充满爱恋地瞅你。”

“她会的，如果她是只雌水螈。”

“可她不是雌水螈。”

“那也对，但假使她是呢？”

“好吧，假使她是，你就不会爱上她。”

“不，我会，假使我是雄水螈。”

太阳穴处一阵突突轻跳，我知道这场讨论已经达到饱和点。

“行了，”我说，“咱们要面对残酷的现实，别去理震颤的尾巴、什么理想主义的玩意儿了。眼前的重点是你打算去参加化装舞会，听我这个化装舞会老手的一句劝吧，果丝，你不会喜欢的。”

“喜不喜欢不是重点。”

“不要去。”

“我不能不去。刚不是说了吗，她明天就要去乡下了。”

我只好放弃。

“那好，”我说，“随你的便吧……啊，吉夫斯？”

“果丝·粉克–诺透先生的车，少爷。”

“啊？车？嗯？……果丝，你的车。”

“啊，车？哦，好。对，是，没错……谢了，吉夫斯……那回见了，伯弟。”

果丝对我勉强挤了一个笑脸，想必就是罗马斗兽场的勇士们入场前给皇帝的表情，然后就闪人了。然后我转身面对吉夫斯，时候到了：要叫他明白自己在家里的位置，我蓄势待发。

当然了，怎么开口这个问题有点儿棘手。虽然我下定决心非给他这个教训不可，但是又不忍心把他伤得太深。即使是施展铁腕，咱们伍斯特也要柔软地施展。

不过转念一想，我认为也没必要采取循序渐进的方式。拐弯抹什么的从来没用。

“吉夫斯，”我说，“我有话直说你不介意吧？”

“自然不会，少爷。”

“听了我的话你不要伤心哪。”

“绝对不会，少爷。”

“那好，我说了。刚刚我在跟粉克-诺透先生聊天，他跟我说，这个梅菲斯特计划是你想出来的。”

“是，少爷想说？”

“我开门见山吧。我猜你的逻辑是这样的：你是在想，粉克-诺透先生在一身红色紧身裤的刺激下，见到所钟情的对象，就会震颤尾巴，然后一鼓作气、马到成功。”

“私以为他会放下平日的拘谨，少爷。”

“我可不这么想，吉夫斯。”

“是吗，少爷？”

“对。说实话，不客气地说，我觉得这辈子听过所有愚蠢可笑的烂点子里，就数你这个最傻最没用。不会成的，完全没指望。你不过就是让粉克-诺透先生去化装舞会上遭个无名罪。而且这种情况还不是第一回。坦白说吧，吉夫斯，我以前就经常觉得，你有一种性格上的倾向，总是要……我要说什么词儿来着？”

“不好说，少爷。”

“弄嘴弄舌？不对，不是弄嘴弄舌。弄虚作假？不不，也不是弄虚作假。话到嘴边就想不起来了。是‘弄’字开头的，表示聪明过头的意思。”

“弄巧成拙吗，少爷？”

“我想说的就是这个词儿。非要弄巧成拙，吉夫斯，你就是常常有这种倾向。你的办法不够简单明了，不够直截了当，总是加上一堆花哨没用的东西，把问题搞得云山雾绕的。果丝需要的就是一个老到世故的兄长给他一点建议而已。因此，我要说的是，从今往后，这事儿就归我管了。”

“遵命，少爷。”

“你别插手，专心打理家务事就好了。”

“遵命，少爷。”

“不用担心，我会很快想到一个又简单又直接又有奇效的法子。我明天一定要见见果丝。”

“遵命，少爷。”

“行啦，吉夫斯。”

可惜到了次日，电报一封接一封地涌来，我承认，整整二十四小时里，我对这个可怜鬼想都没想，因为自己的事就够我忙的了。

第三章

第一封电报是正午刚过送到的，吉夫斯把电报连同开胃酒一起送了进来。发件人是达丽姑妈，“指挥部”是斯诺兹伯里集市，这算是个小镇，从她的府宅出发沿着主干道走一两英里就到。

电报内容如下：

速速前来。特拉弗斯。

不得不说，我迷糊得很厉害，我这么说还是在读通了的状态下。我认为，这是有电报以来最不可捉摸的一封信。我沉浸在深深的冥想中反复钻研，喝了两杯马提尼和涮杯子的酒。我反着读，正着读，说起来我好像还闻了一闻，但还是不知其所云。

事实明摆在眼前嘛，这位姑妈跟我分开不过几个小时，这之前我们还抬头不见低头见地过了近两个月，可是现在，可以说我的吻别还留在她脸上呢，她又在央求我再次团聚。有人如饥似渴地盼望伯特伦·伍斯特，这可是新鲜事儿。随便问个人，他们准会说，跟我一起待两个月，正常人都会觉得够啦，再多可不行啦。说起来，一般人跟我一起待上几天都坚持不下来。

因此，在享受精心烹制的午餐之前，我发了以下回复：

困惑。求解。伯弟。

午觉期间我收到了以下回复：

笨蛋，究竟哪儿让你困惑了？速速前来。特拉弗斯。

我吸了三支烟，在屋子里来回踱了几圈，想出了答复：

速速前来是什么意思？问好。伯弟。

在此附上回复：

意思是速速前来，你这弱智真让我抓狂。你觉着我是什么意思？速速前来，不然等着明天一大早收到你姑妈的诅咒信吧。爱你。特拉弗斯。

我又接着发出了以下电报，希望把情况弄得一清二楚：

你说“来”的意思是“来布林克利庄园”吗？你说“速速”的意思是“速速”吗？迷惑。茫然。祝一切安好。伯弟。

我在去鳌斯俱乐部的路上把这封电报发了出去，然后在俱乐部和诸同好往礼帽里头扔扑克牌，就这样度过了一个无忧无虑的下午。在寂静的夜色中回到家时，看到回信已经在恭候了：

> 是是是是是是是。你懂也好，不懂也好。给我速速前来，都跟你说了，还有，看在老天分上，别来回来地问了。我又不是开银行的，哪有钱十分钟跟你发一封电报。别傻帽儿了，速速前来。爱你，特拉弗斯。

此时此刻，我认为需要征询一下第二方的意见，于是按响电铃。

“吉夫斯，”我说，“一桩形状不明的怪事出现了，来源地是伍斯特郡。读读这些电报。”说着我把盒子里的文件都递给了他。

他浏览了一遍。

“你怎么想，吉夫斯？”

“我认为特拉弗斯夫人希望少爷你速速前去。”

“你也这么觉着是吧？”

“是，少爷。”

“我对这事儿也是同样的构想。但是为什么？见鬼，她刚跟我见了快两个月的面啊。”

“是，少爷。”

“不知多少人觉得对于成年人可消受的中等剂量是两天。”

“是，少爷，我理解少爷的意思。但是特拉弗斯夫人似乎非常坚持，我认为还是尊重她的意愿最为妥帖。”

“你是说卷铺盖过去？”

“是，少爷。”

“这，我不能马上过去呀。今天晚上在螽斯俱乐部还有一场重要约会，胖哥·托森顿的生日聚会，记得吧。”

“是，少爷。”

空气凝滞了一会儿，我们不约而同地想起之前发生的那点小小的不愉快。我觉得有必要加以暗示。

“你那么说白礼服是不对的，吉夫斯。”

“这些问题都属于个人观点，少爷。”

“我在戛纳穿着白色晚礼服走进赌场的时候，在座的美女都相互使眼色、窃窃私语，打听我是谁啊。”

“欧陆赌场的风气是出名的不入流，少爷。”

“昨天晚上我跟胖哥提起的时候，他也特别感兴趣。”

“果真如此，少爷？”

“在场的各位都是一样的看法。大家纷纷表示我抓到宝了，全都没有异议。”

“果真如此，少爷？”

“我坚信，你最终一定会爱上这件白礼服的，吉夫斯。”

“只怕不会，少爷。”

我只好放弃。这种情形跟吉夫斯讲道理是没用的，“老顽固”这个词就要脱口而出。我叹了口气，转开了话头。

“那好吧，回到刚才的话题，我有好一阵子都不能去布林克利庄园，去哪儿都走不开啊。我意已决，这么着吧，吉夫斯，帮我拿纸笔来，我给她写封电报，说下星期或者下下个星期再过去。见鬼了，几天不见我，她怎么就熬不过去呢？动用点意志力就好了嘛。”

“遵命，少爷。”

“那行啦。就写‘两星期后抵达’之类的，按这个意思写就行。这样就齐了。你遛到街角发出去，就可以了。”

“遵命，少爷。”

这漫长的一天终于过去，我穿好衣服去赴胖哥的生日聚会。

胖哥前天晚上讨论这场活动的时候就跟我保证，这场生日狂欢的策划标准是惊天地，泣鬼神，不得不承认，此前参加的聚会相比之下都是小打小闹。结束到家时已经四点多，我只想倒头就睡。我依稀记得自己摸索着爬上床，可是感觉头还没贴到枕头，我就被开门声给吵醒了。

虽然大脑在空转，我还是努力抬起了一只眼皮。

“是端茶来了，吉夫斯？”

“不，少爷，是特拉弗斯夫人驾到。”

瞬间只听一阵狂风呼啸而过的声音，这位亲戚自行以五十公里/时的时速跨进了大门。

第四章

常听人讲，伯特伦·伍斯特看待自家亲戚总是带着真诚而决不姑息的批判眼光，尽管如此，他喜欢该讲公道的时候就讲公道。诸位要是留心阅读我之前的几本回忆录，就会注意到，我有好几次都重点强调过，达丽姑妈人是很可以的。

大家也许还记得，她嫁给了汤姆·特拉弗斯，是“瑟肯德诺思”[1]（记得是这么个叫法），就在“矢车菊”赢了剑桥郡平地障碍赛马那年。我还为她主办的《香闺》杂志撰写过一篇文章，叫《有品位的男士怎么穿》。达丽姑妈性格慷慨，为人和气，我总是很乐意跟她亲近。她的精神构造里完全没有那种隐约的吓死人主义，与此相反的例子就是我那位阿加莎姑妈——伦敦周围各郡的眼中钉以及全人类的大敌。我对达丽姑妈抱有最深切的敬意，从来都是坚定不移地欣赏她的人情味、冒险精神以及总体上好好夫人的性格。

出于上述原因，可以想见，此时此刻看到她出现在我床前，我真是大吃一惊。话说我常常在她家里做客，她对我的习惯了如

1　法语：en secondes noces，意为第二次婚姻。

指掌，清楚地知道早上没喝早茶我是不会见客的。她明明知道这种时候我正需要独自一人好生休息，却偏硬闯进来，我不禁想，这可谈不上礼貌之道。

再说，她有什么理由跑到伦敦来？我心里犯琢磨。一位尽职尽责的女主人，出门七个星期，谁也想不到她才到家第二天就又马不停蹄地奔出家门。我认为，她应该待在家里，照料丈夫，吩咐厨子，喂喂猫、逗逗狗，总而言之，就是大门不出，二门不迈。我的睡眼还非常惺忪，但仍然努力在眼皮的黏合度可允许的条件下，向她投去严厉而责备的一瞥。

她似乎没领会。

“快起来，伯弟，你这笨蛋！”她大嚷，声音从我的双眉间穿透后脑勺而过。

要说达丽姑妈有什么缺点，那就是她总把对话人当作狩猎场半英里外的骑马猎手。这无疑是历史遗留下来的毛病，以前在乡下，要是有一天没能去追赶哪只倒霉狐狸，那对她来说就是浪费了大好时光。

我又向她投去严厉而责备的那什么，这下她终于懂了。可惜，产生的效果是她开始进行人身攻击。

“别冲我眨眼睛，真流氓相，”她说，“伯弟啊，我真怀疑，”她看我的眼神让我联想到果丝发现了一只不合标准的水螈，“你究竟知不知道你这副德行有多招人厌？好像是电影里的放荡场景和烂泥塘里低等生物的结合体。昨天晚上是不是花天酒地去了？”

“我出席了一项社交活动，没错，”我冷冷地回答，“胖哥·托森顿的生日聚会，我不能失约于胖哥，‘诺博莱斯阿不里及'[1]嘛。"

"行了，起床穿衣服吧。"

我觉得肯定是听错了。

"起床穿衣服？"

"对。"

我一头栽进枕头里，发出低低的呻吟。就在此时，吉夫斯端着续命的乌龙茶走了进来。我一把抓住，就像溺水的人抓住了一顶草帽。一大口下肚，我立刻觉得——不能说精神焕发了，因为胖哥·托森顿的生日聚会可不是凭一口茶就能让人重新精神焕发的。不过伯特伦总算是能够把思维转移到眼前这桩破事儿上来了。可是我越转移，就越觉得摸不着头脑。

"什么玩意儿？"我问道。

"看着像茶嘛，"她答道，"你比我清楚，毕竟是你在喝啊。"

要不是怕打翻了活命的热饮，我肯定就要做一个不耐烦的手势。我很有出手的冲动。

"我不是说杯子里的东西。是这事儿，你闯进来叫我起床穿衣服，这算什么玩意儿？"

"我闯进来，注意你的用词，是因为我发了那么多封电报你都没反应。我叫你起床穿衣服，是因为我就是要你起床穿衣服。我这次来就是要接你一起走。我倒佩服你的厚脸皮，还说什么明年再来。现在就跟我走，我给你找了个活计。"

"我才不想做什么活计。"

---

1 法语：Noblesse oblige，意为位高则任重。

"年轻人，你想做的，和你要得到的，可完全是两码事。布林克利庄园有件事儿等着你。限你二十分钟内扣好纽扣穿戴整齐。"

"二十分钟我也扣不上纽扣。我正难受呢。"

她好像在思考。

"也是，"她说，"那我就发发慈悲，给你一两天时间休息。那好，最晚限你三十号到。"

"该死，究竟是什么事儿？你说活计是什么意思？干吗要做活计？什么活计？"

"你消停一会儿，我这不就说了。很简单轻松的活儿，你会喜欢的。你听说过斯诺兹伯里集市文法学校没有？"

"没有。"

"是斯诺兹伯里集市的一家文法学校。"

我有点冷淡地说，我猜也是。

"哼，我哪里知道以你的智商能一下子就明白？"她反驳道，"那好吧，斯诺兹伯里集市文法学校，你猜对了，是斯诺兹伯里集市的一间文法学校。我是校董之一。"

"你是说校长之一。"

"我说的不是校长之一。听着，笨蛋。伊顿公学不是有一个校董事会吗？那好。斯诺兹伯里集市文法学校也有，我是董事会的成员。大家把今年夏天的颁奖仪式交给我安排，颁奖呢定在这个月的最后一天，也就是三十一号。你都听懂了没有？"

我又吞了一口续命汤，把头往枕头上靠一靠。虽说参加了胖哥·托森顿的生日聚会，但这么简单的信息我还是能掌握的。

"懂啊，我当然明白你的意思啦。斯诺兹伯里、集市、文法学校、董事会、颁奖……没错。但是这都跟我有什么关系？"

"你是颁奖嘉宾。"

我呆了一呆。她的话像是没意义的噪声，就像姑妈晒太阳时忘了戴帽子，在漫无边际地吹大话。

"我？"

"你。"

我又呆了一呆。

"你指我？"

"我就是指你本人。"

我呆了第三呆。

"你这是拖我后腿啊。"

"谁拖你后腿了，我才不乐意拖你的狗腿呢。本来定好由牧师来颁奖，但等我到家才发现，他来信说蹄腕脱臼，不得不放弃提名。可以想见，我立刻慌了神，到处给人打电话，可是谁都不乐意接手，然后，我就突然想到了你。"

我认为，这件破事儿务必要扼杀在摇篮里。为姑妈们尽应尽的责任，伯特伦·伍斯特向来最热心不过，但效劳也是有界限的，并且是明确不可跨越的界限。

"你觉得我会去你这家误人子弟的学校派发奖品？"

"没错。"

"还要讲话？"

"正是。"

我报以嗤笑。

"天哪，你呲什么呲，这可是正经事儿。"

"我这是笑呢。"

"啊，真的吗？那敢情好，你这么有兴头，我就放心了。"

“是嗤笑，”我解释道，“我可不干。没有转弯的余地，我坚决不去。”

“你非去不可，小伯弟，不然就再也别想踏进我家大门，这句话的意思你懂吧。以后你休想尝到阿纳托的手艺。”

我不禁浑身一颤。达丽姑妈指的是她家厨师，那位高明的艺术家。阿纳托独霸厨师界，本事无人超越——不，是无人能比，各种食材经过他的手，再摆到食客的眼前，当真入口即化。他就是布林克利庄园的一块磁铁，吸引我伸着舌头上门。我生平最快乐的许多回忆都是大嚼这位高人的烤肉和烩菜，想到被剥夺了大快朵颐的机会，我感到前景十分惨淡。

“啊呀，这，这太过分了！”

“我就知道你要紧张。真是只饿死鬼。”

“这和饿死鬼完全没关系，”我展示出一点冷傲的姿态，“一个人懂得欣赏天才的烹饪，这不能算饿死鬼。”

“是，我承认自己也爱吃，”我这亲戚让了一步，“不过，你以后别想再吃上一口，除非你接受这个简单轻松又愉快的活儿。没错，连闻都不给你闻一下。你把这话放在肚子里好好消化一下吧。”

我开始觉得，好像有什么猎物掉进了陷阱里。

“可是干吗非得找我？我是谁啊？自己问问自己。”

“我问过多少次了。”

“我是说，这事儿我可做不来，要是没有点口才，怎么能颁奖呢？我记得上学的时候一般都是首相还是谁来颁奖的。”

“哎，那是伊顿公学。斯诺兹伯里集市可没那么挑剔，只要是个带鞋罩的人，大家就服了。”

“怎么不叫汤姆叔叔去？”

“汤姆叔叔！”

“对啊，怎么不行？他不就有鞋罩嘛。”

“伯弟，”她回答道，“我这就告诉你汤姆叔叔怎么不行。记不记得我在戛纳赌牌把钱输光的事儿？哼，我很快就得准备好跟汤姆摊牌了。要是这事儿完了以后，我还让他戴上浅紫色的手套、扣上礼帽，去斯诺兹伯里集市文法学校颁奖，那家里可就要闹离婚了。他会在针垫儿上留个字条，然后兔子似的蹿出家门。所以，年轻人，这事儿非你不可，你还不如欣然接受的好。”

“可是达丽姑妈，讲讲理啊。我向你保证，你绝对找错人了，我在这一行完全没指望。不信你问问吉夫斯，有一回我被逼无奈在一家女校做演讲，结果那个人都丢到姥姥家了。”

“我很有信心，你这个月三十一号还会把人丢到姥姥家，不然我干吗找你呢？我个人是这样想的：这事儿左右要砸锅，还不如趁机乐一乐。伯弟，我期待你届时上台颁奖哟。行啦，那就不耽误你了，你肯定着急要做你的瑞典健身操吧。那我就等你一两天内上门了。”

她撂下这些毫无心肝的话就迅速走人，留下我一个人忍受忧愁的侵袭。胖哥生日会带来的自然反应，再加上这当头一棒，可以不夸张地说，灵魂煎糊了。

正当我还沉浸在深深的痛苦中时，门开了，吉夫斯出现在眼前。

“粉克-诺透先生到访，少爷。”他通报。

第五章

我给了他一个眼神儿。

“吉夫斯，”我开口道，“想不到你也这么不会办事儿。你明知道我昨天晚上熬到那么晚，你也晓得我连茶也没喝上几口，况且你不可能不清楚，达丽姑妈那饱满的声线给头疼病人听了有什么效果。结果呢，你却跑过来往我这儿塞什么粉克-诺透。不管是粉克还是别的品种的诺透，这哪是见他的时候啊？”

“少爷不是吩咐过要见粉克-诺透先生，为他的事情出主意吗？”

我得承认，这为我打通了一条新思路。在各种情绪的交相压迫下，我已经把揽下果丝的幸福这件事忘得一干二净。这下情况不同了，对委托人可不能啧啧啧。话说福尔摩斯可没有拒绝见客，就算他前一天晚上在华生医生的生日聚会熬到半夜。话虽如此，我还是觉得，果丝应该挑一个合适的时候来向我求助嘛。不过看来他属于早起的鸟儿，天一亮就要飞出水中的巢，所以我最好还是容他这一回吧。

“没错，”我答道，“那好，请他进来吧。”

“遵命，少爷。”

“啊，先给我来一杯你独家的醒神剂。”

“遵命，少爷。”

很快他就端来了救命的灵药。

好像我以前就讲过吉夫斯的独家醒神剂及其对命悬一线的宿醉者的作用。至于其配方，我可说不上来。他自称是用了什么调料汁、一个生蛋黄、一撮胡椒粉，但是无论如何我也不信，其中一定另有玄机。不论如何，一口吞下去，效果是惊人的。

最初的一刹那，毫无反应。这就如同山雨欲来，屏息以待。突然之间，末日号角吹响了，审判日在一片庄严中到来。身体各处像点着了火，腹部如同灌满岩浆，大风刮遍宇宙，饮用对象感觉类似气锤之类的东西在敲击后脑。在这一阶段，双耳轰鸣，眼球翻转，额头上微微发痒。

你觉得应该立刻给律师打电话安排后事，因为再迟就来不及了，此时，情况开始转为明朗。风停了，耳边不再轰鸣。鸟儿在细细地叫，铜管乐响起，太阳猛地蹿出地平线。

片刻之后，只觉得一片祥和。

此时我把杯子喝干净，感到新生命在体内滋长。我想到吉夫斯曾经说过一句话——虽然他偶尔在衣着打扮以及恋爱忠告方面可能要越俎代庖，但他的确锦心绣口——什么“人踩着死去的自己作为垫脚石升往更高的境界”。我现在就是这种感觉。我感到斜倚着枕头的伯特伦·伍斯特蜕变成了一个更加坚强、更加完美的升华版伯特伦。

“多谢呀，吉夫斯。”我说。

“不必客气，少爷。”

“你真是对症下药，现在我可以面对生活了。”

“我深感欣慰，少爷。”

“我准是脑子不对劲，刚才对付达丽姑妈之前怎么没来上一杯呢。算了，现在后悔太晚了。说说果丝的情况吧。他在化装舞会上表现得怎么样？”

“他没能参加化装舞会，少爷。”

我用有点苛责的眼光看着他。

“吉夫斯，”我说，“我承认，喝了你的醒神剂我是舒服多了，但是不要挑战我的极限，别站在病床前面胡说八道的。咱们可是亲手把果丝送上出租车、看着他奔向化装舞会的，他怎么会没参加呢？”

“确实如此，少爷。我从粉克-诺透先生那里获知，他上了出租车，一心一意地以为受邀前往的聚会地点是萨福克广场17号，实则指定地点为诺福克大道71号。这类记忆疏漏并非罕见，尤其是对粉克-诺透先生这样的通常所说的浪漫主义者。”

“我看是脑子有病主义者。”

“是，少爷。”

“然后呢？”

“抵达萨福克广场17号之后，粉克-诺透先生打算掏钱付车费。”

“谁碍着他付钱了？”

“是他身上忘了带钱，少爷，他记起从叔父家里离开的时候，将钱和邀请函一并忘在了卧室的壁炉架上。于是他请车夫等一等，便下车去按门铃，看到管家来开门，便请对方代付车费，并且叫他不必担心，自己是来参加舞会的。管家见状矢口否认府上有任何舞会。”

“还给了他闭门羹？”

“是，少爷。”

“于是乎——”

“粉克-诺透先生便叫车夫载着他回叔父家。”

“嗯？这难道还没圆满解决吗？进门，取钱，拿邀请函，就能踏上康庄大道了呀。”

“我刚才正要说，粉克-诺透先生将门钥匙也忘在了壁炉架上。”

“那就按门铃呗。”

“他的确按了门铃，少爷，并且按了一刻钟有余。等到此时仍然无人应门，他终于想起自己给留下看门的用人放了假，整个房子都空着，其他用人都在放假，而这个看门的用人去朴次茅斯看望当水手的儿子了。”

“老天啊，吉夫斯！”

“是，少爷。”

“这些浪漫主义者还真会过日子，你说呢？”

“是，少爷。”

“之后又怎么样了？”

“粉克-诺透先生此时似乎已经意识到，他的状况在车夫看来很可疑。计费器上的数字已经相当可观，他无论如何不能支付这笔款项。”

“可以解释的嘛。”

“车夫是不容解释的，少爷。粉克-诺透先生解释之下发现对方质疑他的bona fides[1]。”

“要是我可要拔腿就跑。”

“这个策略似乎也浮现在粉克–诺透先生的脑海里，于是他迅速逃走，而车夫为了加以阻拦便揪住了他的外衣。粉克–诺透先生为了脱身，顺势挣脱了外套，露出了化装舞会的乔装，车夫一见之下似乎大为震惊。粉克–诺透先生知会我说，他听到一种尖厉的吸气声，回头一望，只见这位先生正蹲在围栏旁边双手掩面。粉克–诺透先生认为他是在祷告。一定是个缺乏教育的迷信之徒，少爷。可能嗜酒成性。”

“哈，就算以前不是，以后也马上就是了。估计他都等不及酒馆开门了。”

“非常可能，此情此景他会想到借酒压惊，少爷。”

“果丝呢，此情此景也会这样想，我觉得。这之后他究竟怎么过的？入夜以后的伦敦啊，别说，其实就算大白天的伦敦，也容不得穿红色紧身裤的人。”

“是，少爷。”

“难免招人指指点点。”

“是，少爷。”

“可以想象，这只呆鸟偷偷摸摸地沿着小巷逃窜，鬼鬼祟祟地藏在旮旯里，纵身跳进垃圾桶。”

“从粉克–诺透先生的言谈中可知，实际情况非常相似。最后，经历了一晚的磨难之后，他总算抵达了西珀里先生的住所，在那里歇了下来，早上换了衣装。”

1 拉丁语，意为善意、信用。

我往枕头里倚了倚，眉头微颦。虽然给老同学帮帮忙是其情可嘉，但是我情不自禁地注意到，果丝这个榆木脑袋有种本领，能把什么事情都搞砸。为他出力，我这几乎是签下了一份非人类可完成的契约。我认为，果丝需要的不是有经验的老手给他出主意，而是精神病院里装了软垫的病房，同时还要派几个人好好看守，免得他把房子烧了。

的确，有那么一刻，我有心想从这案子中抽身，把活儿重新交给吉夫斯。但是伍斯特家的傲气占了上风。咱们伍斯特家一旦举起了锄头，就决不肯轻易放下屠刀。此外，因为白礼服那回事儿，现在哪怕有一点示弱，都要前功尽弃。

“你肯定明白，吉夫斯，”虽然我不喜欢揭人伤疤，但是这话不得不说，“这全都是你不好。”

“少爷？”

“叫‘少爷’有什么用？你很清楚，要是你没让他去参加什么舞会——其实从一开始我就看出这个计划根本是神经不正常——那就不会出这种状况。”

“是，少爷，我承认，最初没有计划到——”

“计划永远要面面俱到，吉夫斯，”我的口气有点严厉，“必须这么做。即使你叫他穿成皮埃罗，那也不会有这种结果的，皮埃罗的衣服至少有口袋。不过呢，”我缓和了口气，“现在都别再提了。从中你明白了穿着红色紧身裤四处晃荡的下场，所以也不是没有收获的。你不是说果丝在外面等着吗？”

“是，少爷。”

“让他进来，我来瞧瞧该怎么帮他。”

第六章

果丝走进门，昨晚惨淡经历的余迹仍然清晰可见。他脸色苍白，双眼如同红莓果儿，耳朵软趴趴的，整个人看起来就像爬烟囱的时候被卡在了中间。我倚着枕头直了直身子，敏锐地观察他。此情此景，我看得出，需要施加急救，我准备好立刻开始行动。

"哎呀，果丝。"

"哎，伯弟。"

"好啊。"

"好啊。"

寒暄过后，我认为可以委婉地提一提昨晚的情况。

"听说你有点不大好。"

"是啊。"

"就怪吉夫斯。"

"不能怪吉夫斯。"

"完全要怪吉夫斯。"

"我不这么看，是我自己忘带了钱和大门钥匙……"

"你最好把吉夫斯也忘了吧。你听了一定会很高兴，果丝，”我认为最好是把最新进展立刻通知给他，“吉夫斯不再负责处理你的小困扰了。”

这话似乎得到了充分的领会。他的脸拉长了，软趴趴的耳朵也垂得更厉害。他本来看着就像一条死鱼，此时变成了一条死而复死的鱼，好像去年的货色，被冲到孤寂的沙滩上，任凭风吹浪打。

“什么？”

“没错。”

“你是说吉夫斯不会再——”

“不会。”

“这，见鬼——”

我的温和中透着坚定。

“没有他你反而好。经历了昨天一晚上的折腾，你一定明白吉夫斯需要歇一歇了，再聪明的头脑也免不了偶尔马失前蹄。吉夫斯就是这样。我已经观察了一段时间了，他现在大不如前，需要通通管子，去去水垢。你一定吃惊不小。今天早上过来是为了咨询他的建议是吧？”

“那还用说。”

“有什么疑难？”

“玛德琳·巴塞特要去乡下拜访什么人，我想问问他我该怎么办。”

“行啦，我都说了，这事儿不归吉夫斯管了。”

“可是伯弟，见鬼——”

“吉夫斯呢，”我厉声说，“以后这事儿不归他管了，现在是我全权作主。”

“你会干什么呀你？”

我压下了反感。咱们伍斯特思想绝对开明，对穿着红色紧身裤整晚在伦敦示众的人就放他们一马。

“这个嘛，”我平静地回答，“走着瞧。坐吧，咱们商讨一下。不得不说，依我看，这事儿非常简单。你说这位小姐要到乡下去探望朋友，那么事情明摆着的，你也得跟过去，要像剂膏药一样粘着她。基本的常识。”

“可我怎么好杵在一堆陌生人中间？”

“你不认识那帮人吗？”

“当然不认识，我谁也不认识。”

我噘起嘴唇。事情似乎变得有点儿难办。

“我只知道那家人姓特拉弗斯，住在伍斯特郡的布林克利庄园。”

我的嘴解开了骨朵。

“果丝，”我慈父般地笑道，“你多走运啊，有伯特伦·伍斯特给你出主意。我从一开始就高瞻远瞩，有我，什么事都能解决。你今天下午就是布林克利庄园座上的贵客。”

他浑身一抖，颇像只奶油冻。估计对新手来说，看我运筹帷幄的样子总是一次特别刺激的体验。

“这，伯弟，你是说你认识特拉弗斯这家人？”

“正是我达丽姑妈一家。”

“天哪！”

“现在你懂了，”我有意点明，“有我给你作主你是多走运。找吉夫斯，他是怎么办的？他给你穿上红色紧身裤，贴上我这辈子见过的最难看的假胡子，叫你去参加什么化装舞会。后果呢，精神煎熬不说，还毫无进展。一由我经手，立刻帮你上了轨道。吉夫斯能帮你到布林克利庄园去吗？没门儿。达丽姑妈不是他家姑妈。这些话我也都是随便说说。”

“老天爷，伯弟，真不知道怎么谢你呀。”

“老伙计！”

“可是，不好。”

“又怎么了？”

“我到了以后该怎么办？”

“要是你去过布林克利庄园，保准不会问这种问题。在那个浪漫的环境下，不可能出岔子。从古至今的伟大恋人们已经把布林克利打造成气候啦。那地方，那种气氛。你和心爱的她在树荫下漫步，肩并肩坐在树荫下的草地上，和她在湖面上荡舟，然后你渐渐鼓起勇气跟她——”

“哎哟，我觉得你说得没错。”

“我说得当然没错。我在布林克利就订过三次婚。虽然后来都没成事，不过理儿是没错的。我每次去的时候可没揣着一丁点儿热切的企盼，也根本没打算跟哪位姑娘求婚。可是一踏上那个浪漫的地方，我发现自己不由自主地奔向第一个映入眼帘的女郎，把灵魂“吧嗒”一声撂在她面前。那儿的空气有魔力啊。”

“你的意思我全懂了。我就是需要这个——鼓起勇气。可是在伦敦，见鬼的伦敦，总是匆匆忙忙的，根本就没机会。”

“没错，一天跟人才打五分钟照面，要是想娶谁，那可得抓紧时间出手，就跟坐在旋转木马上抢戒指似的。”

“可不是。伦敦真让人心慌。可是到了乡下我就像换了一个人。真走运，这位特拉弗斯夫人碰巧是你姑妈。”

“你这话我就不懂了，什么叫碰巧是我姑妈？那本来就是我姑妈。”

“我是想说玛德琳是到你姑妈家里做客，这太巧了。”

“没有的事，她和我表妹安吉拉是好姐妹，在戛纳的时候跟我们一直形影不离的。”

“啊，原来你们是在戛纳认识的。哎呀，伯弟，”这可怜的蜥蜴崇拜地说，“要是我也在戛纳就好了。她穿着沙滩装一定很美！哦，伯弟呀……”

“嗯。”我有点冷淡地打断他。就算是有吉夫斯的深水炸弹垫底，我折腾了一夜，也受不了这种话头。我于是按响电铃，等吉夫斯进来后就吩咐他给我拿电报纸和笔来。随后我给达丽姑妈写了一封措辞巧妙的信，告诉她我的朋友奥古斯都·粉克-诺透当天要去布林克利接受她的盛情款待，然后把电报交给果丝。

“看到邮局就寄出去，”我指点他，“等她一回家就会看到了。”

果丝很快闪人，还挥舞着手里的电报，看起来很像琼·克劳馥的特写。我随后望着吉夫斯，叙述了我的操作“不来细”[1]。

“简单明了，你瞧，吉夫斯，不会弄巧成拙。”

“是，少爷。”

“也没有生拉硬拽，搞得勉勉强强、稀奇古怪的。这就是浑然天成。”

“是，少爷。”

“就是需要这种作战计划。有个词怎么说来着？就是形容一

1 法语：précis，意为概要。

对异性男女给拴在一个僻静的地方，每天都要打照面，而且是常常见面？”

“少爷想的可是‘朝夕相对’？”

“正是。我赌的就是朝夕相对，吉夫斯。朝夕相对，我认为成事就要靠这个。目前来看，你也知道，果丝在她面前就是一块果冻，但是一周以后再看他什么状况。想想他们两个，每天早上都一起坐在餐桌上，夹同一盘香肠，切同一条火腿，舀同一盘腰子和熏肉——哎……”我匆忙打住了话头。灵光突然闪了一下。

“天哪，吉夫斯！”

“少爷？”

“什么叫计划得面面俱到，这就是一个例子。你听到我刚才说香肠腰子熏肉火腿了？”

“是，少爷。”

“嗨，这可是万万不行，会坏事儿的。那是大错特错呀。快把电报纸和笔给我，我得立刻警告果丝，耽误不得。他必须要给心上人造成一种为了她面容憔悴的印象，狼吞虎咽地嚼香肠这怎么行呢。”

“是不行，少爷。”

“那就是。”

我于是又拿起纸笔，拟了以下内容：

伍斯特郡

斯诺兹伯里集市

布林克利庄园

粉克-诺透

放下香肠，别动火腿。

伯弟

“发出去吧，吉夫斯。马上的。”

“遵命，少爷。”

我跌回枕头里。

“哎，吉夫斯，”我叹道，“你瞧，我现在全权作主，注意我处理这案子的手腕。现在你无疑已经发现，研究我的方法会让你受益匪浅。”

“无疑，少爷。”

“不过我所展示的非凡智慧，你现在还只是见识到了一斑。你知道今天早上达丽姑妈为什么来吗？她来是为了让我去斯诺兹伯里集市，到她当董事的什么讨厌学校颁奖。”

“果真如此，少爷？恐怕这项任务对少爷并非称心如意。”

“哈，我不会去的，我要把这事儿推给果丝。”

“少爷？”

“我的打算是，听好了吉夫斯，给达丽姑妈发封电报，告诉她我走不开，然后建议她把果丝甩给那帮感化院的少年犯。”

“万一粉克-诺透先生拒绝呢，少爷？”

“拒绝？你觉得他拒绝得了吗？在脑子里演绎一下这场面吧，吉夫斯。场景：布林克利客厅；果丝被逼到墙角，达丽姑妈耸立在他面前，作狩猎声。我问你，吉夫斯，你觉得他拒绝得了吗？”

“很难，少爷。我同意少爷的意思。特拉弗斯夫人独具魄力。”

“根本没有他拒绝的份儿。唯一的办法就是溜走，不过他不会溜走，因为不想离开那巴塞特嘛。没错，果丝得言听计从，而我呢就可以卸下这个苦差事，坦白说吧，我的魂儿都在颤抖。走上讲台，对着一群可恶的学生发表一通简短有力的演讲！妈呀，吉夫斯，这事儿我可经历过，哎哟。你记得那次在女子学校的事儿吗？”

“历历在目，少爷。”

“我真是丢人丢到姥姥家啦。”

“少爷那次的确不算表现上佳。”

“还是再给我来一杯你那不同凡响的独家配方吧，吉夫斯。这次大难不死，我觉得有点头晕哪。”

估计达丽姑妈约三个小时以后才返回布林克利，因为吃过午饭好一会儿她的回电才送到。看内容，似乎是在读了我那封电报两分钟后，迸发出了热烈激荡的情绪。内容如下：

正咨询法律意见：掐死弱智侄儿是否算谋杀？不算的话你就要当心了。你的行为触限了。把你那帮狐朋狗友扔到我这儿来算什么意思？布林克利庄园是麻风病院还是什么？这粉哥-挠头是何许人也？爱你。特拉弗斯

我就料到她是这种反应。我以息事宁人的措辞回信：

不是挠头，是诺透。祝好啦。伯弟

估计在她发出以上撕心裂肺的呐喊之后不久，果丝就到了，

因为不到二十分钟，我就收到了以下电报：

你署名的加密电报我已经收到。全文“放下香肠，别动火腿”。立刻发来秘钥。粉克-诺透

我的回信：

还有腰子。回见啦。伯弟

我的全部赌本是果丝能给这位女主人留下良好的第一印象，因为我有信心，果丝这种羞怯恭顺、端茶送水、递切片黄油面包的好好先生，像我达丽姑妈那样的女士几乎总要一见倾心。接下来的电报证明，我敏锐的头脑果然没有负我。我很满意地看到，“性善之乳”的含量有显著提高[1]。全文如下：

嗯，你这位朋友已经到了，必须说，以你那帮损友的标准看，他似乎不是我料想的半人类。虽然目光呆滞有点傻乎乎，不过总算讲卫生懂礼貌，此外对水螈无所不知，正考虑安排他在附近开系列讲座。不过我很佩服你的厚脸皮，把我家当成避暑山庄，等你过来再好好跟你算账。三十号见，记得带鞋罩，爱你。特拉弗斯

对此我予以还击：

1　引自《麦克白》第一场第五幕。

参考日程簿，确认无法赶去布林克利庄园。深表遗憾。拜拜拜。伯弟

达丽姑妈回信的口气十分不善：

哎哟，就这么着了是吧？你还什么日程簿，真行。深表遗憾个头。这么跟你说吧，小侄儿，你要是不来，到时候叫你知道什么叫遗憾。要是你还做梦能想法儿逃避颁奖，你可是想错了。深表遗憾布林克利庄园离伦敦几百公里，不能飞砖头砸你。爱你。特拉弗斯

赌运气的时候来了，输赢在此一搏。此时此刻不能讲究节俭持家，我不惜血本写了个痛快：

别，真是的，听我说嘛。说真的，我的确不合适。叫粉克-诺透去颁奖，此人天生擅长发奖，不会叫你失望。翘首以盼奥古斯都·粉克-诺透三十一号当日大放异彩吧。绝对惊艳全场。机不可失，失不再来。呜呼哀哉。伯弟

紧张悬疑的气氛持续了一个小时，然后喜讯传来：

哎，那好吧。你说得有点道理，也许吧。你这奸诈卑鄙小人、胆小没种的软脚虾。不过已经定了粉哥-挠

头。你就在那儿老实待着吧，希望你出门撞电车。爱你。特拉弗斯

可以想象，我如释重负的感情是多么澎湃。仿佛有一块巨石从心头滚落，感觉像有人用漏斗给我灌了一腔吉夫斯的醒神剂。当晚我更衣出门的时候一直哼着小曲儿，在蠢斯俱乐部里，我的快活喜悦引来了好几次投诉。等回到家，我扑到可爱的床上，把自己塞进被子里，不到五分钟就像宝宝一样睡着了。照我估计，这项艰巨的任务可以说是彻底收尾了。

因此，隔天醒来坐在被窝里呷着早茶，看到托盘里又有一封电报时，可以想象我的惊讶之情。

我不禁心下一沉。难道是达丽姑妈一觉醒来变卦了？难道果丝因为无力承担重任，夜里爬下水管逃跑了？这些猜想在脑瓜里忽闪。我拆开信封，一读之下，便惊异地“呀”了一声。

“少爷有事？”吉夫斯走到门口站住了。

我又读了一遍，没错，中心思想我理解得没错。是的，我没有误解其中的含义。

“吉夫斯，”我问，“你知道吗？”

“不知道，少爷。”

“你认得我表妹安吉拉。”

“是，少爷。”

“你也认得大皮·格罗索普。”

“是，少爷。”

“他们的订婚取消了。”

“我很遗憾，少爷。”

“我这儿有一封达丽姑妈写来的信，明确写着这条消息。真不知道他们究竟为什么闹分手。”

“我也说不上来，少爷。”

“你当然说不上来，别犯傻，吉夫斯。”

“是，少爷。”

我陷入沉思，并深深为之动容。

“哎，这就是说咱们今天得赶到布林克利去。达丽姑妈显然是慌了神，我必须过去给她打气。你最好上午就打点行装，然后去搭十二点四十五的火车。我约了人吃午饭，随后开车过去。”

“遵命，少爷。”

我又是一阵沉思。

“不得不说，我非常震惊，吉夫斯。”

“无疑，少爷。”

“非常特别震惊。安吉拉和大皮啊……啧啧！哎，他们两个是板上钉钉的事儿啊。生命中有这么多不如意，吉夫斯。”

“是，少爷。”

“但日子总是要过的。”

“一点不错，少爷。”

“那行啦，准备沐浴。”

“遵命，少爷。”

第七章

下午，我开着双座老爷车赶往布林克利，一路上任由思绪飘来飘去。安吉拉和大皮闹别扭还是闹分手的消息让我着实困扰。

瞧，他们俩的婚事我是一向予以嘉许的。一般来说，要是你认识的小伙子打算娶你认识的姑娘，你通常要一阵踌躇，皱眉头咬嘴唇，心想最好趁一切还来得及，提醒一下或者男方或者女方或者男女双方。

但是对大皮和安吉拉我就从来没有这种感觉。大皮呢，除了偶尔冒傻气，基本是个可靠的好青年。而安吉拉呢，也基本是个可靠的好青年。至于他们两个的爱情，我一直认为，说他们两个是同呼吸共命运都不为过。

诚然，他们偶尔闹点小别扭，比如说有一回大皮——他声称是秉着无所畏惧的诚实态度，在我看来那是纯粹的发痴行为——跟安吉拉说她戴着新买的帽子很像一只哈巴狗。不过不管是哪对恋人，难免偶尔要小打小闹一番。帽子风波以后，我料想大皮应该学乖了，往后他们两个的日子就是一首甜蜜的恋曲。

怎么也想不到的是，如今他们两个居然断绝了外交关系，真是平地里冒出来的陷阱。

一路上我绞尽了伍斯特脑汁，不过想破了脑袋也猜不到，是什么引发了这场战火。于是我孜孜不倦地往油门上使劲，好用最快的速度奔到达丽姑妈跟前，从虎口中听到内部消息。在六汽缸的动力下，我开得飞快，终于在晚餐酒会开始前跟这位亲人欢聚一室了。

见到我，她似乎很高兴。其实是她亲口说见到我很高兴。这种话可不是轻易能从姑妈姨婆口中听到的，通常那些亲爱的们看到伯特伦上门拜访，反应都是既惊且厌。

“你能赶来太好了，伯弟。”她说。

“我来给你打气，达丽姑妈。”我答道。

一什么之下我就看出，这桩倒霉事毫无疑问对她产生了不小的影响。她平日里兴高采烈的面孔此刻阴云满布，那亲切的笑容也销声什么迹。我同情地握着她的手，让她知道我的心在为她滴血。

“真是家门不幸，亲爱的姑妈，”我叹道，“恐怕你的日子不好过啊，一定是操了不少心。”

她感情饱满地哼了一声，脸上的表情像是咬到了一只变质的牡蛎。

“可不是操心嘛。自打从戛纳回来，我就没有一刻消停的时候。一踏进这找死的家门，”达丽姑妈此刻又操起了狩猎场上的行话，“就七上八下，状况百出。先是颁奖那事儿来搅和。”

说到这儿她顿了一顿，还瞥了我一眼：“关于你在这件事儿上的表现，我一直想开诚布公地跟你谈谈，伯弟，”她说，“我准备了不少金玉良言。不过，看在你这么快赶来的份上，我就放你一马吧。反正呢，你这让人恶心的孬种居然这么推卸责任，大概是好事也说不定。我预感，你介绍的这位粉哥–挠头是个好人选。可惜他讲起水螈来没完没了的。”

“他讲水螈了吗？”

“可不是。他用那炯炯的目光盯着我，好像是传说中的老舟子[1]。不过就算这是最坏的情况，那我也忍了。我怕的倒是汤姆到时候一开口有话要说。”

“汤姆叔叔？”

“你能不能换个别的称呼，不要叫他‘汤姆叔叔’？”达丽姑妈有点狂躁，“你每次一这么叫，我就怕他面色发黑，开始大弹班卓琴。是，汤姆叔叔，你要非这么叫那也罢了。用不了多久，我就得跟他坦白赌牌输光了钱的事儿，只怕到时候他要暴跳如爆竹了。”

“不要这样想，时光神医能抚平……”

“时光神医你个头。我必须要让他开一张五百镑的支票给《香闺》，最迟也要在八月三号前。”

我很紧张。首先，身为侄子自然会关注自家姑妈那份格调高雅的周刊，其次，《香闺》一直牵动着我柔软的神经，因为我曾经供过一篇稿子，叫《有品位的男士怎么穿》。也许是过于多情吧，不过我们老记者确实都有这种感受。

“《香闺》出状况了？”

“要是汤姆不肯拔毛，那就危险了。现在正需要他帮一把手，等过了难关就好了。”

“过难关那不是两年前的事儿吗？”

1　出自柯勒律治（1772—1834）名诗《古舟子咏》（*The Rime of the Ancient Mariner*, 1798）。

“没错。现在还没过去，不主办女性周刊是不知道什么叫难关啊。”

“你觉得这回汤姆叔叔——姑父松口的机会很渺茫？”

“这么说吧，伯弟。目前为止，每次需要经济支援的时候，我都能快快乐乐、信心满满地走到汤姆面前，像一个独生闺女去找有求必应的老爸要奶油夹心巧克力。不过最近管税的人跑来要他补交五十八镑一先令三便士的所得税。从我一进家门，他张口闭口就是文明陷落啊，社会党立法制苗头险恶啊，人类何去何从啊。”

这话我很能相信。这位汤姆有种怪癖，在一些阔人身上常常见到。想从他身上捞一分一厘，他就要一声长啸，在地之角都听得到。他腰包虽然鼓，却不乐意掏。

“要不是因为阿纳托的菜肴，我估计他都懒得过日子。感谢老天啊，有阿纳托在。”

我恭恭敬敬地鞠了一躬。

“伟大的阿纳托啊。”我叹道。

“阿门。”达丽姑妈应道。

她脸上呈现出神圣的狂喜——每当思绪停留在阿纳托的手艺上，无论想法多么短暂，都会产生这种效果。但这表情从她脸上迅速消失了。

“你别尽给我打岔，”她回到正题上，“我刚刚说到，从我一到家，就发现要天塌地陷了。先是颁奖，然后是汤姆，现在火上浇油，安吉拉和小格罗索普又闹分手，气死人了。”

我严肃地点了点头：“我听说了，心里觉得特别难过，相当震惊。到底他们为什么吵架？”

“鲨鱼。”

“嗯？”

“鲨鱼啊，就是那条鲨鱼，我可怜的孩儿在戛纳玩滑水板的时候跑去害她的那条畜生。你记得安吉拉的鲨鱼吧？”

我当然记得安吉拉的鲨鱼了。一个心思敏感的人怎么可能忘记表妹差点被深海怪兽生生吞下的事。这一幕在我的记忆中还像发生在昨天一样清晰。

长话短说，事情经过是这样的。滑水板怎么玩儿大家是知道的，就是摩托艇在前面开着，后面拖着一条绳子，玩家站在滑水板上，抓住绳子，由摩托艇拉着前进。偶尔因为绳子没抓好“扑通”掉进海里，那就得一路游过去爬上滑水板。

我一直觉得这事儿挺傻的，不过许多人觉得这是项有趣的娱乐。

好了，在我们所说的事件中，安吉拉被甩进海里，刚刚游到滑水板旁边，这时一条可恶的大鲨鱼出现，直撞了上去，结果安吉拉又被掀进咸汤里。过了好一会儿，她才又重新游回滑水板，开摩托艇的小伙子这才明白状况，把她拉上艇。这个过程期间，她的尴尬情形可想而知。

据安吉拉描述，那只带鳍的活物对着她的脚腕直咬，几乎一刻也不松口，等到终于被救上来，她觉得自己像菜盘子里的一颗盐焗花生，连人形都没了。这可怜的孩子受了不小的惊吓，我记得她后来几周张口闭口讲的都是这事儿。

“整件事我都记得一清二楚，”我答道，“不过这怎么会惹出麻烦？”

“昨天晚上安吉拉跟格罗索普讲了这件事。”

“然后呢？”

“她眼睛亮晶晶的，小手紧握着，完全沉浸在少女的兴奋中。”

“一定。”

“结果呢，这该下地狱的小格罗索普不但没有表现出应有的同情理解，你猜他怎么着？他像个面团似的坐在那儿，好像安吉拉在讲天气如何，听完就拿下烟嘴张口说，‘我看就是一块浮木嘛！’”

“不是吧？”

“谁说不是！安吉拉接着又讲到这家伙如何纵身一跃冲她咬去，格罗索普又拿下烟嘴说：‘啊！八成是只比目鱼吧，根本不会害人的，肯定是想跟你戏耍戏耍。’啊哈，我说什么好！你要是安吉拉，你怎么办？她可是又傲气又敏感，凡是好女孩的那些心思她哪样没有？于是安吉拉骂他是傻瓜、笨蛋、白痴，就知道满嘴胡言乱语。”

必须承认，这闺女的意思我懂。人生一辈子，要是能遇到一件刺激的经历，那可是头等大事，到那时谁也不想被煞星扫了兴致。记得上学的时候，课本上有一个故事，讲一个小伙子，叫奥赛罗，跟一个小姐讲自己如何如何在一个吃人的部落里摸爬滚打。那么，想象一下，他绘声绘色地讲完自己与食人族长老反复周旋险象环生的经过，正等着对方肃然起敬地叫一声“啊呀！果然？”结果呢，对方却说，这故事准是添油加醋，过度夸张，那人十有八九是以吃素著称——这可叫他情何以堪？

是的，我完全明白安吉拉的感受。

“这呆子看到安吉拉生气了也不肯罢休？”

“可不是。他继续顶嘴，就这么一来二去，两个人一路吵下去，最后安吉拉说他：‘可能你还没注意，要是你再不少吃淀粉类食物，早上再不运动，那就要胖成猪啦。’而对方却说：‘现在时兴女孩子往脸上涂脂抹粉，我一向最看不惯。’这样又吵了一阵，最后只听平地里一声炸响，空气中就弥漫着他们订婚的碎片啦。我都要急疯了。感谢老天你来了，伯弟。”

“就算天塌了我也要来的，”我很感动，“我能感到你需要我。”

“是。”

“那敢情好。”

“哦，其实呢，”她话锋一转，“不是需要你，自然啦，是需要吉夫斯。一出这事儿我立刻就想到他啦。这种情况明摆着是在呼唤吉夫斯。纵观人类历史，试问哪场家庭风波需要那高贵的大脑？那就是此刻了。”

我觉着，要是我此时保持的是站姿，肯定要一个趔趄。说真的，我对此相当肯定。不过坐在扶手椅上来一个趔趄可没那么容易。因此，我只有通过面部活动来表现这话深深地伤害了我的自尊。

在她这句话出口以前，我表现得贴心又懂事，扮演一个善解人意的侄子，准备赴汤蹈火，尽其所能。此刻我身子一僵，表情也开始凝固。

“吉夫斯！”我从牙缝里挤出这三个字。

“长命百岁！”达丽姑妈应道。

我知道她完全误会了。

“我不是打喷嚏。我是说‘吉夫斯’！”

“啊，说得好。奇才！这事儿我要全拜托给他，真是谁也比不上吉夫斯啊。”

我的漠然更加显露。

“对此我要持异议，达丽姑妈。”

“你持什么？”

“异议。”

“哦，是吗？”

“非常绝对地。吉夫斯没指望了。”

“什么？”

“一点儿也没指望了，他不中用啦。就在两三天以前吧，我被迫撤了他一个案子，因为他处理得一塌糊涂。还有，我很不满你们这种预设——也不知道预设这个词我用得对不对？——不管了，反正有头脑的人不只吉夫斯一个。我反对大家总是直接把事情交代给他，事先也不征求一下我的意见，让我先试试手。”

她好像要开口讲话，被我一个手势制止。

“没错，过去我是时不时地认为可以听听吉夫斯的建议，可能在以后我还是会听听的。不过我要声明，以后出现什么情况的话，我有权第一时间进行过目，由我本人亲自地，大伙不许再把吉夫斯当成薯饼里唯一的一块洋葱。我有时候觉着，虽然得承认吉夫斯过去不是没能成事，但那全是靠运气，不是凭本事。”

“你跟吉夫斯吵架了？”

“没有的事。”

“你好像正在气头上。”

“才不是。”

我在心里承认，达丽姑妈的话略有那么一点符合事实。这一整天我都对此人很不满，现在就来说明一下原委吧。

大家还记得吧，吉夫斯先行带着行李搭上十二点四十五的火车，而我则等着去赴午餐的约。好了，动身赴会之前，我在公寓里晃悠，突然间——我也不知道怎么就冒出了这个念头，可能是因为那家伙的举止有点鬼鬼祟祟的——有个小声音叫我去衣柜里瞧一眼。

果然不出我所料。那件白礼服还好好地挂在衣架上，这个小人，故意没给我打包带上。

好了，螽斯俱乐部的诸位都清楚，伯特伦·伍斯特这个人可不是那么容易被将军的。我把宝贝塞进牛皮纸包裹里，放到车后座，如今它就躺在客厅的椅子上。不过吉夫斯想摆我一道在先，因此呢，我刚才说话的时候，语气可能的确带了一点那什么。

“我们没有不和，”我补充道，“可能暂时是有点所谓的尴尬吧，没别的。我们俩对那件铜纽扣的白色晚礼服意见不能统一，而我不得不坚定我的人格立场，不过——”

“行了，反正不是要紧事。你在胡扯，真是可怜虫。吉夫斯不中用了？乱讲，他来的时候我还看到他了呢，那双眼睛闪着智慧的光芒，一点假不了。我告诉自己说，‘相信吉夫斯吧’，这也正是我的打算。”

“交给我，让我来解决，办法肯定胜出吉夫斯好几筹，达丽姑妈。”

“老天爷，你可千万别插手，保准越帮越忙。”

“不，恰恰相反，告诉你吧，开车过来的路上，我集中精神思索着安吉拉的事儿，并且成功地设计了一个方案，完全基于个体心理，我提议尽早执行。”

“上帝啊！”

“基于我对人性的认识，我知道肯定行。”

“伯弟，”达丽姑妈好像发烧烧坏了的样子，“打住，打住！可怜可怜我，快打住吧。我还不了解你那些方案吗？你肯定是想把安吉拉推到湖里，再把格罗索普也推下去英雄救美，还不就是这一套路数？”

“才不是呢。”

“你就会这一手。”

“我的计划可要巧妙得多。来，我给你讲一讲。”

“不用了，多谢。”

“我这么告诉自己——”

“快别告诉我。”

“就听一会儿嘛。”

“不听。”

“那行啦。我装傻好了。”

“你从小就是。”

我察觉到，再聊下去也不会有什么成果，于是手一挥，肩一耸。

“好吧，达丽姑妈，”我骄傲地说，“你不想得到第一手资料，那也随你，不过你可是错过了一场智慧盛宴。反正呢，就算你非要学《圣经》里的蛇充耳不闻，你心里肯定明白，吹得越响，越跳不动，我也忘了怎么说了，反正我是要依计行事的。我对安吉拉一向是全心全意，因此一定会不遗余力，让她的心灵重新洒满阳光。”

“伯弟，你这傻瓜无药可救了，我再求你一次，你就打住吧行不行？你一搅和，情况肯定要比现在糟糕十倍。”

我想起曾经读过哪本历史小说来着，说一个小伙子——是个小英雄无疑，也可能是个公子哥儿一类的人物——他呢，要是有人说错了他什么话，他只是眼睛里露出一抹慵懒的笑意，挥指掸去华美的蕾丝袖口上一粒灰尘[1]。此刻我也依法照做。至少我是正了正领带，露出一个神秘莫测的笑容。然后我就告了退，出去到花园里走一走。

我遇见的第一个人就是大皮。只见他眉头紧锁，正郁郁寡欢地朝一只花盆扔石子。

1　指艾玛·奥希兹（Emma Orczy，1865—1947）的剧本及小说《红花侠》（1905）的主人公。

第八章

这个格罗索普，我以前应该讲过他的事迹。这个麻木不仁的家伙，不顾我们自小结下的友谊，有天晚上在螽斯俱乐部里跟我打赌，让我抓着吊环荡过游泳池。这对身手矫捷的本人来说本是小菜一碟，可是看我荡到一半的时候，他却把最后一个吊环扣住，逼得我没办法，于是眼睁睁地任自己穿着正式晚礼服掉进了深水区。

要说我对这场恶作剧没有心存怨念，那就等于敷衍了事，在我看来，这完全称得上是本世纪之滔天大罪。我对此一直深恶痛绝，当场就发火了，而且连着几个星期都在发火。

不过大家也知道，伤口会渐渐愈合，怒火也渐渐平息。

当然了，我不是说这事儿就这么算了。要是哪天碰巧天时地利，让我能从楼上往大皮脑袋上扔一块湿海绵，在他床上放一条泥鳅，或者此类型的其他表现手法，我一定会欣然行事。不过暂时我就放他一马。我是说，虽然我受到了严重伤害，但看到这个家伙因为失去心上人而把他恶俗的生活毁于一旦，我心里也不好受。我相信，虽然他们分了手，但他对安吉拉还是爱得跟什么似的。

相反，我真心实意地支持这两只劳燕分飞的呆鸟重修旧好，好得呱呱叫。这从我对达丽姑妈的谈吐中就可见一斑，要是大家此刻也在现场，看到我望着大皮那悲天悯人的眼神，就可多见好几斑。

这种眼神直指人心，消冰融雪，并且配有动作：深情地握住右手，左手轻轻地搭在锁骨上方。

“哎，大皮老伙计，”我问道，“还好吗，老伙计？”

话一出口，我的悲悯之情更浓了，因为我没有看到眼睛一亮，也没有感到手心一紧，总之，他见到老朋友，却没有任何要跳起迎春舞的迹象。由此可见这家伙是受了不小的打击。忧郁，我想起吉夫斯在胖哥·托森顿戒烟那会儿曾评价道，将他引为知己。当然这也并非出乎我的意料。在这种情况下，有点郁闷也是自然的。

我放开手，也不再揉捏肩膀，随即拿出香烟匣，递了一支给他。

他木木地接了。

“你来了，伯弟？”他问道。

“是啊，我来了。”

“是路过还是待一阵？”

我心下犯思量。我本想说，这次是专程赶到布林克利庄园帮他和安吉拉复合、系好断了的红线，如此等等，在点一根烟所需的约二分之一的时间里，这话差不多就要说出口。但是我转念一想，还是不说为好。大肆宣扬要把安吉拉和他当作两把弦乐器一样玩弄于股掌的计划，可能并非明智之举。年轻人不是总喜欢被当成弦乐器一样摆弄的。

“看情况吧，”我于是回答，“可能会小住一阵，也可能很快就走。我的计划还没定好。”

他心不在焉地点点头，仿佛根本不在乎我有什么计划，就一直站在那儿盯着夕阳晚照下的花园。从身材样貌上看，大皮这个人颇有点像只斗牛犬，此刻他就像这种可爱的宠物没吃到蛋糕的样子。凭我敏锐的观察力，不难猜到他的心事，因此，我听到他接下来的这句话也就一点也没惊讶，因为这正和我在议程表上打了钩的事项一致。

“你听说了我的事儿吧？我和安吉拉。”

“是，听说了，大皮，老伙计。”

“我们玩完了。”

“我知道。听说是因为安吉拉的鲨鱼起了点口角。”

“对，我说那肯定是比目鱼。”

“我的线人也是这么说的。”

“你打谁那儿听说的？”

“达丽姑妈。”

“她一定把我骂了个半死吧？”

“啊，没有。她总共就说了一句‘这该下地狱的小格罗索普’。除此以外，在我看来呢，她用词是少见的温和，要知道，她以前可是常在阔恩猎场打狐狸的[1]。不过我也看得出——老伙计，我有话直说，你可别往心里去——她是觉得你应该识相一点。”

“识相！”

1　阔恩猎场（Quorn Hunt）是英国著名的猎狐场所，建立于1696年，主要场地在莱斯特郡。

“不得不说，我完全赞同她的想法。大皮啊，你这么破坏了安吉拉对那条鲨鱼的兴致，这样做好吗？称得上体贴吗？要记得，安吉拉可是很看重那条鲨鱼的。难道你还看不出吗，这个可怜的孩子，她全心全意爱着的人说她的鲨鱼是条比目鱼，真是被当头泼了一盆冷水啊。”

看得出，他在和一种强大的情感力量作斗争。

“那谁来帮我评评理？”他因为情绪激动，声音有点哽咽。

“帮你？”

“你以为呢？”大皮激动地提高了嗓门，“我戳破这可恶的人造鲨鱼的谎言，还不是因为事出有因。我这么说，就是因为安吉拉这臭丫头一直出言不逊，于是我就抓住这个机会还击。”

“出言不逊？”

“极其不逊。就因为我随口说了一句，我那也纯粹是没话找话，免得冷场，我大概就是问问阿纳托要做什么晚餐，结果她说我这个人太重物质，不应该老是惦记着吃。物质个头！事实真相是，我这个人特别注重心灵。”

“嗯啊。”

“我觉得问问阿纳托要做什么晚餐，这完全没什么可指摘的，你说呢？”

“当然没有。不过是向一位伟大的艺术家致敬罢了。”

“没错。”

“话虽如此……”

“怎么？”

“我就是想说，这样多可惜啊，不过是因为拌了两句嘴，爱情那脆弱的躯壳就此跌倒……”

他瞪了我一眼。

“你不会是想劝我低头吧？”

“这是高尚而可赞的行为，老伙计。”

“我决不低头。”

“大皮啊……”

“决不，不可能。”

“但是你爱她，是不是？”

这句话正中下怀。他明显地浑身一颤，嘴角抽搐，可见灵魂在煎熬。

“我又没说我不爱这个死丫头，”他的声音饱含深情，“我疯狂地爱着她。但是这不能改变眼前的事实，我认为她现在最需要的就是给人打一顿屁股。”

这话伍斯特可不能容忍：“大皮，老朋友！”

“说‘大皮老朋友’也没用。”

“哟，我偏要说‘大皮老朋友’。你这口气真让我震惊，真让人竖眉毛。格罗索普那传统大度的绅士风范哪儿去了？”

“格罗索普那传统大度的绅士风范活得好好的，倒是安吉拉那温柔善良的淑女风范哪儿去了？居然说人家长了双下巴！”

“她真这么说？”

“真的。”

“哎，行啦，女孩子就是女孩子。你听听就算了，大皮，去找她和好吧。”

他摇了摇头。

“不行，太迟了。她居然那么说我的肚皮，这种话我不可能听过就算。”

“可是，大肚皮——呃，我是说大皮——公平一点嘛。你还不是说过她戴着新买的帽子像只哈巴狗。”

“她就是像只哈巴狗！那可不是侮辱人，而是客观的、建设性的批评意见，没有别的用心，纯粹是免得她在公众面前出丑。但是，恶意指责一个人上台阶直喘气，这完全是另一回事。”

我开始明白，这种情况需要我动用全部的本事和天才。斯诺兹伯里集市的小教堂里能不能奏响婚礼进行曲，全靠伯特伦的脑筋如何开动。根据和达丽姑妈的对话，我推测合约双方是进行了一番坦率的对白，不过直到此刻我才意识到，情况已经发展到这种地步。

事情这样的感伤，叫我心里不痛快。大皮已经表示格罗索普的胸膛里仍然燃烧着爱火，而我也相信，尽管出了这场风波，安吉拉对他的爱也并没有消失。当然啦，眼下安吉拉肯定是想甩瓶子砸他，但是我可以打赌，她内心深处的柔情爱意依然缱绻。他们两个不过是碍着面子才不肯复合，我预感，只要大皮迈出第一步，他们就能和好如初。

我于是又开始一轮动之以情。

“她因为分手可是心都碎了，大皮。”

“你怎么知道？你见到她了？”

“没有，但我料想的不会错。”

“看着可不像。”

“自然是藏在面具后面啦。每次我一发威，吉夫斯就是这样。”

“她一见到我就皱鼻子，好像见到下水管堵了似的。”

“就是面具。我能感到，她还爱着你，就等你去说一句软话。”

看得出，这话打动了他。他明显动摇了，还用脚在草地上画了个圈圈。等他再开口的时候，听得出他的颤音：

“你真这么想吗？”

“绝对的。”

“唔。”

“只要你去找她——”

他摇了摇头。

“不行，那会要命的。哗啦一声，我的尊严就碎了。我了解女人，男人一低声下气，女人，不管平时怎么顺从，都要趾高气扬。”他想了一会儿，“唯一的办法，就是走漏点风声，让她间接地知道我愿意展开谈判。你说，我们见面的时候我要不要叹叹气什么的？”

“她会以为你在大喘气呢。”

“也是。”

我又点了支烟，再次开动脑筋。突然间灵光一闪——伍斯特家的孩子就是很擅长灵光一闪，我有了主意。我想起之前给果丝提过香肠火腿的意见。

“有了，大皮。有一个屡试不爽的办法，能叫对方知道你爱她，这个法子对吵了架想和好的情侣来说一样管用。今天晚餐的时候什么也不要吃。这一定会给她留下深刻的印象。她知道你一向最好吃。”

他愤愤地插嘴。

“我才没有一向最好吃呢！”

“是是。”

“我根本就不好吃！”

“对对，我就是想说……”

“说什么我最好吃，这种蠢话，”大皮激动地说，“以后不准再说。我年纪轻，体力旺，胃口好，这不等于好吃。我崇拜阿纳托的手艺，并且无论他给我上什么菜我都乐意尝试，但是谁要是说我最好吃这种话——”

“是是。我就是想说，要是安吉拉看到你把盘子推开，连尝也不尝，她准明白，你在为她心痛，说不定就率先示好解除警报呢。”

大皮深思般地皱起眉头。

“把盘子推开，嗯？”

“对。”

“把盛着阿纳托的美食的盘子推开？”

“对。”

“咱们干脆把话说清楚。今天晚上，在饭桌上，管家端菜过来，不管是ris de veau à la financière[1]还是什么，从阿纳托手里盛出来，刚出锅还热腾腾的菜，你叫我把盘子推开，连尝也不尝？”

“对。”

他咬着嘴唇，看得出是在进行激烈的思想斗争。突然间，他脸上开始放光，古时候的殉道者估计就是这副样子。

“那好。”

“你做得到？”

“没错。”

---

1 法语意为“金融家”，小牛杂碎。

“好。”

“当然了，这是一场折磨。”

我立刻指出这道乌云镶有金边。

“只是暂时的。今天晚上，你可以等大家都睡着的时候洗劫食品柜。”

他来了精神。

“没错。我可以这么办，是吧？”

“我估计会有冷盘剩下的。”

“真的有冷盘哦，”大皮越说越兴奋，“牛肉腰子馅饼嘛。今天中午的菜，是阿纳托的绝活儿。我最佩服他的地方，”大皮语气充满了敬意，“我对他无比敬佩的地方就是，虽然他是法国人吧，但是和大部分厨师不一样，他不会单单局限于法国菜。相反，他总是很高兴很乐意做点简单传统的英国美食，比如说这张牛肉腰子馅饼。真是行家的手笔啊，伯弟，而且我们还剩了大半张呢。足够我吃的。”

“那么晚上你就推盘子，按咱们的计划？”

“就按咱们的计划。”

“好。”

“这办法太绝了，吉夫斯发挥了最高水准。你看到他的时候不妨跟他说，我非常感激。”

香烟从我指间滑落。那感觉就像有人对准伯特伦·伍斯特的脸扔了一块湿抹布。

“你是说，你觉得我勾画的这个策略是吉夫斯想出来的？”

“当然，你也犯不着骗我，伯弟，靠你想出这么个妙计啊，一百万年也不行。”

庄严的沉默。我挺起胸膛昂起头，可是发现他并没有看我，只好又瘪下胸膛垂下头。

“来吧，格罗索普，”我冷冷地说，“咱们还是进屋吧。估计该换衣服准备吃晚饭了。”

第九章

我回到卧房，一路上，大皮那句不经大脑的话不断在我脑海中回荡；待我剥下行装，仍然在回荡；等我裹上浴袍，穿过走廊，走向“洒了的板”[1]时，也还在无休止地回荡。

毫不夸张地说，我的怒火烧到了嗓子眼儿。

我不是说鄙人等着他大唱颂歌。什么全世界的崇拜啊，鄙人从来也不看重。可是话说回来，鄙人可是费尽心血，才想出这么一个锦囊妙计，雪中送炭地支援受难中的老朋友，结果他却把功劳全都归在鄙人那位私人男仆的身上，这真是无耻。尤其是这个私人男仆还老是喜欢不打包主人的白色晚礼服。

我在搪瓷浴缸里稀里哗啦地扑腾了一阵子，这才恢复了平静。我以前就发现，每次心绪不佳的时候，安抚受伤心灵的最好办法，莫过于肥皂和洗澡水了。我当然不至于在澡盆里引吭高歌，不过有那么几回，我唱不唱也完全就是转念之间的事儿。

那句没心没肺的话引起的心灵痛苦，此时已经明显减弱了。

能重拾这份好心情，很大程度上归功于我在肥皂盒里意外发

1　法语：salle de bain，意为浴室。

现的一只橡皮鸭，推测是之前哪个幼稚儿童遗落的财产。岁月悠悠，算起来我已经多少年没在浴缸里玩过橡皮鸭啦。我发现这个新奇的体验真让人精神振奋。各位要是感兴趣的话，那我也不妨一提，橡皮鸭呢，要是用海绵把它按进水底，然后松开手，它会一下子蹿上水面，那架势，不管你多么疲惫忧愁，一见之下准会笑逐颜开。就这样玩耍了十分钟，等我返回卧室，又是从前那个快乐的伯特伦了。

吉夫斯正在卧房里替我准备晚宴的衣装。他跟小少爷问好，还是往常那样温文儒雅。

“晚上好，少爷。”

我报以同样亲切的回应。

“晚上好，吉夫斯。”

“相信少爷一路旅途愉快。”

“很愉快，谢啦，吉夫斯。递只袜子给我，行不？”

他依言行事，我开始更衣。

“啊，吉夫斯，”我接过足套，“咱们这是又回到伍斯特郡的布林克利庄园来了。”

“是，少爷。”

“看起来一堆事都齐齐赶来，凑到了这个乡间会馆。”

“是，少爷。”

“大皮·格罗索普和我表妹安吉拉的矛盾似乎很严重。”

“是，少爷。用人们纷纷认为情势严峻。”

“你一定认为，我要帮他们和好，可是困难重重？”

“是，少爷。”

“你想错了，吉夫斯。一切都在我掌控之中。”

“我很惊讶，少爷。”

“我就猜到你会。没错，吉夫斯，我经过这一路上的深刻思考，取得了可喜的成果。我刚刚就在和格罗索普先生会谈，把一切都安排妥当了。”

“果然如此？少爷，不知道——”

“你懂我的策略，吉夫斯，照办吧。你是不是，”我一边问一边套上了衬衫，开始打领带，“也在冲这件事儿使劲呢？”

“啊，是，少爷。我个人非常喜欢安吉拉小姐，并且感到能够为她略尽绵力是莫大的荣幸。”

“这种感情值得称赞。我猜你是毫无头绪咯？”

“不是，少爷。功夫不负有心人，我想到一个办法。”

“说来听听。”

“我想到，要弥补格罗索普先生和安吉拉小姐之间的隔阂，最好是制造机会，激发男士在危难之中英勇救美的本能——”

我为了举手只好放弃领带。我震惊了。

“你是不是说打算老调重弹，要那个溺水救人的把戏？真是想不到啊，吉夫斯，想不到，也很痛心。我一来就在和达丽姑妈讨论这个问题，她不屑一顾地说，估计我要把安吉拉推下水，再把大皮也推进去救美，当时我就明确表示，这么想完全是侮辱我的智商。结果你，要是我没有理解错你话中的意思，你建议的不就是这个傻瓜计划吗？想不到啊，吉夫斯！”

“不，少爷。并非如此。我的想法是这样的：我在庄园里路过挂着火警铃的房子，不由心生一念，想到夜间突然响起警铃的话，会促使格罗索普先生舍身保护安吉拉小姐的安全。”

我打了个冷战。

"烂点子，吉夫斯。"

"这个嘛，少爷——"

"不好。完全不上正路。"

"我认为，少爷——"

"别，吉夫斯，别再提了。咱们说得够多了，这个话题不用再讨论了。"

我一言不发地打好领带。情绪太激动，我已经说不出话来。当然啦，我早就看出他现在是不中用了，但是万万没有想到，他居然已经恶化到这般田地了。我感到一阵莫名的恐慌。想起他以前支过的那些妙计，再想到他如今的无能为力——还是无力回天？我指的是他这种头发里插着稻草胡言乱语的架势。我想，这是个老掉牙的故事啦。一个人的大脑多年来超速运转，然后方向盘突然出了毛病，一个刹不住就栽到沟里了。

"有点弄巧成拙吧，"我尽量轻描淡写，不着痕迹，"你的老毛病。你看得出来吧，这样有点弄巧成拙？"

"我提出的这个计划可能的确引来如此评价，不过faute de mieux——"

"没听懂，吉夫斯。"

"这是句法语表达，少爷，意思是不得已而求其次。"

就在刚才，我对这个由精明变腐朽的大脑还只有怜悯之情。但这句话刺伤了伍斯特的骄傲，使我严厉起来。

"'福特德米耶'什么意思，我明白得很，吉夫斯。我前不久还在咱们的高卢邻居那儿待过两个月，那可不是白待的。况且，这词儿我在学校就学过。我之所以说不懂，是因为根本不存在可恶的'福特德米耶'，你却非得用这个词儿。你哪里来的

‘福特德米耶’的念头？不是刚告诉过你了吗？一切都在我的掌控之中。”

“是，少爷，但是——”

“你什么意思，但是？”

“这个嘛，少爷——”

“接着说啊，吉夫斯。我很想，不，是很迫切，要听听你的看法。”

“这个嘛，少爷，恕我冒昧，少爷过去的计划并非总是万无一失。”

沉默——沉默下波涛暗涌。这期间我庄重地穿背心，一直把背后的皮带扣扣到满意，这才开口。

“的确，吉夫斯，”我正式宣布，“过去有那么一两回，我可能是有错失良机的情况。但是，那全都是因为我不走运。”

“果然如此，少爷？”

“但是这一次我不会失手，至于为什么不会失手呢，我这就说给你听。原因是，我这个计划着眼于人性。”

“果然如此，少爷？”

“简简单单，不会弄巧成拙，此外呢，还着眼于个体心理。”

“果然如此，少爷？”

“吉夫斯，”我批评道，“别老是说‘果然如此，少爷’好不好？你心里无疑是想表达这个意思，但是你每次都在‘果然’后面拖长音，又在‘如此’上面加重音，表达效果就像在说‘嗯喔？’纠正过来，吉夫斯。”

“遵命，少爷。”

“告诉你吧，我都安排得妥妥的。你愿不愿意听听我的步骤？”

“非常乐意，少爷。”

“那我就说了。我建议大皮今天吃晚饭的时候不要碰吃的。”

“少爷？”

“啧，吉夫斯，这你肯定理解得了吧，即使你自己想不到这个办法。你还记得我给果丝·粉克-诺透发的电报吧？我让他绕开香肠火腿。我这里还是同样的意思。把吃的推开，尝也不尝，这是公认的爱的表现。这么一来，到嘴的鸭子就飞不了啦。这你一定同意吧？”

“这个嘛，少爷——”

我皱起了眉头。

“我不想好像总是要批评你的发音效果，吉夫斯，”我说，“但我必须跟你直说，你这句‘这个嘛，少爷’，就和你那句‘果然如此，少爷’，效果很相似，听着很别扭。和那句话一样，这句好像明显带着一种怀疑的态度，就像是对我的眼光充满不信任。你这么接连几次地跟我重复这句话，让我产生一种印象，就是你认为我是在不经大脑地说胡话，而你如果不是碍于尊卑有别的思想，肯定要嚷嚷‘谁说的’！”

“啊，不是，少爷。”

“嗯，反正听着可像。你怎么知道我这计划行不通？”

“我担心的是，安吉拉小姐会认为格罗索普先生节食是因为消化不良，少爷。”

这一点我倒是没想过，不得不承认，一瞬间我有点慌乱。不过我很快就释然了，因为我看到了根本原因。他惊恐地意识到自己的无能为力——或者无力回天——因此奋力破坏阻挠。我决定煞掉他的威风，不再拐弯抹角。

“哦，”我说，“你这么想是吧？行，就算你这么想，那也不能改变眼前的现实：你拿错了外套。行行好，吉夫斯，”我指着衣柜把手上挂的那件普通晚礼服，按我们在蓝色海岸的叫法，是“丝末金”[1]，“把那件讨厌的黑衣服拿去垫箱底吧，去把我那件铜扣的白色晚礼服拿出来。”

他别有深意地看着我。别有深意就是说，他双眼中有一种既恭顺又高傲的姿态，同时脸上闪过一抹类似肌肉痉挛的似笑非笑。此外还有一声轻咳。

“很抱歉，少爷，我一时大意，遗漏了少爷所指的这件衣物。”

客厅里那件包裹的形象浮现在我眼前，我们相互活泼地眨了眨眼。我可能还哼了两句小调儿。有点记不清了。

“我就知道你忘了拿，吉夫斯，”我眼睛里露出一抹慵懒的笑意，掸去华美的蕾丝袖口上的一粒灰尘，“不过我可没忘。就在客厅椅子上那个牛皮纸包裹里。”

他卑鄙的花招宣告无效，我的白色晚礼服终于胜出一筹，这个消息在他听来一定是刺耳中的刺耳。不过他那棱角分明如同雕刻的脸上没有泄露任何表情。的确，吉夫斯那什么的脸上很少有任何表情。他不快的时候，就会像我跟大皮说的那样，藏在面具后面，从头到尾维持无动于衷，颇像只麋鹿标本。

---

1 Smoking [英、法]，意为无尾礼服。

“下楼去取上来，好不好？”

“遵命，少爷。”

“行啦，吉夫斯。”

很快，我就优哉游哉地走进客厅，肩膀上舒服地裹着我那白色的宝贝。

达丽姑妈也在客厅里。看见我她抬起眼睛。

“哟，丑八怪，”她评价，“你以为自己是谁啊？”

我没明白她何出此言。

“你是说晚礼服吗？”我试探着询问道。

“没错。你好像阿伯内西塔[1]巡演的歌舞剧里第二幕出场的合唱队嘉宾。”

“你觉得我这件晚礼服不好看？”

“没错。”

“在戛纳你不是觉得挺好嘛。”

“这个嘛，咱们现在又不在戛纳。”

“可是，见鬼——”

“行了，别说了，算了吧。你想逗我家管家笑一笑，那有什么要紧？现在哪还有什么事算要紧？”

她的态度有一点“死亡啊你的毒刺在哪里”[2]主义，让我觉得很不是滋味。上文所述的对吉夫斯的压倒性胜利并不多见，偶有一次，我希望周围是一圈开心的笑脸。

“打起精神，达丽姑妈。”我精神奕奕地劝她。

“精神个头，”她庄严地回答，“我刚刚跟汤姆说完。”

---

1 苏格兰古建筑。

2 出自《旧约·哥林多前书》。

“跟他说了？”

“不，是听他说。我现在还没鼓起勇气跟他说呢。”

“他还在为所得税那事儿不高兴？”

“可不是不高兴嘛。他说，文明进了大熔炉，有脑子的人都看到墙上的预言了。”

“什么墙？”

“《旧约》呗，笨蛋。伯沙撒王的宴席[1]。”

“啊，这个啊。我一直搞不懂墙上写字的把戏是怎么办到的。估计是用了镜子吧。”

“要是我能用镜子告诉汤姆输钱的事就好了。”

我想到了一句安慰之言。从上次碰面之后，我就在翻来覆去地思考这件事，我认为，她是把自己给绕进去了。她的错误呢，在我看来，就是认定要跟汤姆叔叔交代。但是依我之见，这个问题最好继续三缄其口。

“我觉得你没有必要告诉他输钱的事儿。”

“那你说怎么着？让《香闺》和文明一起进大熔炉？要是我下个星期还拿不到支票的话，那绝对是这个下场。印刷厂的人好几个月来都没给过我好脸色看。”

“你没懂我的意思。汤姆叔叔垫着《香闺》的款子，这不是既定的事儿嘛。要是这可恶的玩意儿两年来都没渡过难关，他现在掏腰包也该掏习惯了。所以呢，直接叫他掏钱给印刷厂不就行了。”

“他掏了，就在我去戛纳前。”

---

1 Belshazzar，出自《旧约·但以理书》第5章，意为不祥之兆。

“他不肯给你？”

“他当然给了，他像军官绅士那样乖乖照付。然后我赌牌给输光了。”

“啊？这我倒不晓得了。”

“你又晓得些什么？”

出于侄子的爱，我没理会这句诽谤。

“咄！”

“你说什么？”

“我说‘咄’！”

“你再敢说一遍，看我不教训你一顿。我这已经够烦的了，你少来咄我。”

“哦。”

“要咄的话也是我自己来。还有，咂舌头也是，你是不是正想来一下呢？”

“绝对没有。”

“那就好。”

我站在那儿犯寻思。我打心底里担心。我的心，大家可能还记得，今天晚上已经为达丽姑妈滴过一次血。现在又滴了一回。我明白她非常宝贝那份杂志，就这么让它化为乌有，对她来说，就像看着心爱的孩子第三次掉进了池塘或者泥沼。

毫无疑问，除非精心策划，小心行事，否则汤姆叔叔宁可看着一百份《香闺》毁掉，也要袖手旁观。

一瞬间，我想到了解决办法。我这位姑妈呢，必须加入另外两位委托人的行列。大皮·格罗索普为了感化安吉拉而罢吃；果丝·粉克-诺透为了打动那巴塞特而罢吃；达丽姑妈必须为了软化汤姆叔叔而罢吃。我这个计划的巧妙之处就是入场人数不限。见者有份，独乐乐不如众乐乐，并且保证个个满意。

“有了，”我于是说，“只有一条路走得通：少吃肉。”

她看着我，像在恳求的样子。她的眼里有没有闪着泪光，我不敢确定，总之我觉得是有，可以肯定的是她双手合十，作虔诚的祈祷状。

“你非得疯言疯语不可吗，伯弟？你就不能收敛这一回，就今天晚上这一回，算是为了哄哄达丽姑妈？”

“我没有疯言疯语。”

“以你一贯的高标准来看，这大概不列在疯言疯语的范畴，不过——”

我明白是怎么一回事了，是我没解释清楚。

“别担心，”我说，“不要误会。猛料在此：刚才说少吃肉，意思是让你今天晚上什么也别吃，就坐在那儿，摆出没精打采的样子，等菜端过来，就不起劲地挥一挥手。你就等着瞧吧。汤姆叔叔会注意到你没有胃口，我敢打赌，等吃完饭，他准会走过来问你说，‘达丽，我爱’——他平时是叫你‘达丽’吧？——‘达丽，我爱，’他会这样说，‘我注意到今天晚上你胃口不太好。有什么事吗，达丽，我爱？’‘啊，是的，汤姆，我爱，’你这样回答，‘你真体贴，我爱。的确，我爱，我好担心啊。’‘我爱，’他会这样说——”

达丽姑妈在此插嘴说，从这段对白来看，这对特拉弗斯夫妇好像两个神经病。而且她还想知道我什么时候进入正题。

“‘我爱啊，’他会殷勤地问，‘我能帮到你吗？’这样你的回答自然就是当然能啦——掏出支票本签字吧。”

我一边说一边密切观察她的反应。我很欣慰地看到，她的眼里突然涌出了敬意。

“哎呀，伯弟，这计划绝对高妙。”

“就跟你说嘛，有脑子的不只是吉夫斯。”

“我觉得能成。”

“保准能成。我也是这么指示大皮的。”

“格罗索普？”

“为了叫安吉拉心软。”

“太妙了！”

“还有果丝·粉克-诺透，他想得到那位巴塞特的芳心。”

“哟哟哟！这小脑袋还真是忙得团团转。”

“一直在努力，达丽姑妈，一直在努力。”

“原来我看错了你，你不是个傻瓜，伯弟。”

“你什么时候看我是傻瓜了？”

“啊，去年夏天有那么一回。究竟是什么原因我忘了。没错，伯弟，这个计策很妙。估计是吉夫斯告诉你的吧。”

“不是吉夫斯告诉我的，我反对这种推测。吉夫斯和这事儿八竿子也打不着。”

“哎，行了，也用不着这么激动。没错，我看能行。汤姆对我是一心一意的关心。”

“谁不是呢？”

“就这么办。”

说话间大伙鱼贯而入，于是我们就晃悠过去吃饭了。

鉴于布林克利庄园目前的景象——吃水线上全是痛苦的心，立足点上都是痛苦的灵魂——我就料到晚餐的气氛不会怎么热闹。事实的确如此。沉默、肃穆，这顿饭吃得有如恶魔岛上的圣诞聚餐。好不容易吃完，我长舒了一口气。

达丽姑妈除了有一堆烦心事儿，还得在饭桌上收紧自己的胃袋，所以那个诙谐幽默的她就一去不复返了。而汤姆叔叔呢，原本就酷似有苦衷难言的翼指龙，现在亏空了五十镑，又在随时等着文明翻车的消息，因此忧郁得更深沉了。那位巴塞特默默粉碎面包。安吉拉像是在原生岩石上经过了一番打磨的样子。大皮的姿态则像判了死刑的杀人犯，面对上刑场前最后一顿丰盛的早餐，坚决不吃。

至于果丝·粉克-诺透，有经验的殡仪执事看了他的脸色，怕要当场给他涂防腐油。自从在我家分手以后，我这是刚见到他，不得不承认，他这种状态让我很失望，我料想他会神采奕奕呢。

刚才提到在我家的情形，诸位也许还记得，果丝可是立下军令状，表示就缺一个田园风情。但是，从他的样子看，完全没有一点要进入成熟期的迹象，反而还是那副畏首畏尾的猫样儿。没过多久我就意识到，一从这太平间逃出去，我就得把他拉到一边，给他壮壮声势。

要说需要给谁来点冲锋号的话，那一定就是这位粉克-诺透了。

但是，在送葬来宾上演大流散的过程中，我把他跟丢了，又因为达丽姑妈拉我入伙玩双陆棋，所以我也无法立刻展开搜查。玩了一会儿后，管家进来请示达丽姑妈，问她是否有空见阿纳托，我这才得以脱身。我在屋子里没有嗅出他的气味，约十分钟以后，便开始在屋外撒网，终于在玫瑰园里把他逼将出来。

他正在嗅玫瑰，有点毫无生气，看到我走过来，就转开了嘴脸。

“啊，果丝。”我说。

我对他展开友好的笑容，坚持我见到老朋友的一贯风度，可是果丝不但没有报以友好的笑容，反而给了我一个恶狠狠的眼神。他这种态度令我大惑不解。怎么像是不高兴见到伯特伦的样子呢？他站在那儿，好像是要用这个恶狠狠的眼神穿透我，片刻之后才开口。

“你还好意思‘啊果丝’！”

这句话是从牙缝里挤出来的。这通常表示来意不善，于是我更加困惑了。

“你这是什么意思——我还好意思‘啊果丝’？”

“你胆子还真不小，居然跑到这里来，跟我说‘啊果丝’。你以后再不用跟我‘啊果丝’了，伍斯特。你那副表情也收起来吧。我的意思你很清楚。什么该死的颁奖！你夹着尾巴跑掉了，把事儿推给我，真卑鄙！我就不咬文嚼字了，你是小人，是臭蛋！”

好啦，虽然看起来我来的一路上主要在苦苦思索安吉拉和大皮一案，但我也没有忘记顺便想一想见到果丝该怎么开口。我早有预感，一见之下会暂时性地有一点小不愉快，而每次要面对棘手的会谈，伯特伦·伍斯特总喜欢备好说辞。

因此，我的回答响当当的坦率，叫对方敌意全消。虽然这个话题突然出现，有点让我措手不及，因为最近状况百出，我已经把颁奖这事儿给丢到了脑后，不过我迅速调整回最佳状态，如前所述，回答响什么的。

“老朋友，”我说，“这是计划的一部分啊，我以为不用解释你就能明白。”

他说我的计划怎么怎么样，但是那个词我没听清。

“可不是！说夹着尾巴跑掉就大错特错了。你难道以为我不想去颁奖吗？对我来说，可是再也找不到更好的美差啦。但是我看出，自己有必要慷慨无私地退到幕后，让给你来做，因此我就照办了。我感觉到，你的需要重于我的。你不会是说你不想去吧？”

他吐了一句不雅的话，没想到他居然也会用这个词。这充分表明，就算是窝在乡下，还是能够习得一定的词汇量的。无疑，可以跟邻居们学习，像牧师啊，村医啊，送奶工啊，等等。

“见鬼，”我说，“这事儿对你有好处啊，难道你还看不出来吗？你这只股会迅速蹿升的。到时候你站在讲台上，浪漫的气质，让人敬仰的形象，你会是全程的亮点，所有人瞩目的那什么。玛德琳·巴塞特会为你倾倒，她对你的印象会焕然一新。”

“她会吗？”

“当然会。奥古斯都·粉克-诺透：水螈之友，这她知道。她也认识奥古斯都·粉克-诺透：犬类足科医生。可是奥古斯都·粉克-诺透：演说家，她会为之侧目，不然就算我不懂女人心。女孩子对公众人物可着迷了。要说有谁真的对谁有恩，那就是我把这件美差拱手让给你啦。”

他似乎为我的雄辩所打动。当然了，不由他不被打动。牛角框眼镜后的怒火熄灭了，又恢复了从前的大鱼眼。

“天啦，”他沉思般地说，“你以前发表过演讲吗，伯弟？”

“好多次呢。小菜一碟，不值一提。比如说吧，我有一回还在女校做过演讲。”

“你都不紧张吗？”

“一点也没有啊。”

“结果呢？”

“她们都听入神了。完全在我掌握之中。”

“没冲你扔鸡蛋什么的？”

“怎么会。”

他深深地呼出一口气，站在那儿默默地观察一只鼻涕虫爬过。

“哎，”他终于开口，“可能真没什么大不了的。大概是我太紧张了。我以为这是生不如死的命，可能还真是想错了。不过这么跟你说吧：想到这个月三十一号要去颁奖，我的日子过得真像一场噩梦。心不安，睡不着，吃不下……对了，说到吃，我正想问你，你那封香肠火腿的密码电报，究竟是什么意思？”

“那不是密码电报，我就是想让你控制食量，好让她知道你爱她。”

他一声干笑。

“原来如此，哼，我做得倒是没错。”

“对，晚饭的时候我注意到了。太妙了。”

“这怎么就妙了？靠这个有什么用？我永远也没法向她求婚，要是下辈子光靠吃威化饼干过日子，那我哪来的勇气开口？”

“该死的，果丝。这环境多么浪漫啊。我还以为，那些个喁喁细语的大树就够……”

“你怎么以为我不在乎。反正我就是不行。”

“哎呀，行啦！”

“我不行。她是那么冷若冰霜，触不可及。”

“她哪有？”

“她就有，尤其是从侧影来看。你看过她的侧影吗，伯弟？那侧脸多么冰冷，又多么纯洁。我的心都碎了。”

“才不会。”

“我说会就会。一见到那侧影，我话到嘴边就说不出来了。”

他的语气带着麻木的绝望，并且还明显缺少活力和成功必备的劲头，以至于有那么一刻，我承认，我有点被难倒了。要给这么个人形水母打气，看来是无用功。但是我突然看到了希望。凭借我极度敏捷的头脑，我意识到，要让这个粉克-诺透成功地越过终点线的裁判台，只有一个办法。

“一定得软化她。”我说。

“什么她？”

“软化她，感动她，游说她。必须先松松土。果丝，我建议采取如下步骤：我回屋去，把这位巴塞特引出来散步。我继而跟她诉说悸动的心，暗示眼前就有一颗。我竭尽所能言无不尽。与此同时，你就潜伏在侧，约一刻钟以后再现身，继续未竟的工作。这个时候，她必定心绪涌动，你就算大头朝下也能胜利啦。就跟追着公车往上跳那么简单。”

记得小时候上学，学过一首诗还是什么的，讲一个叫匹什么马什么的小伙子，应该是一个搞雕塑的，因为他弄了一个姑娘的雕像，结果说巧不巧，有天早上，这玩意儿居然活过来了。当然了，这小子肯定吓得不轻。不过我这里想说的其实是，里面有几句诗好像是这样写的：

她醒了，动了，她似乎感到

脚下生命在复苏。[1]

我想说的是，用这两句来形容果丝的反应是最合适不过了。听了我这番鼓舞人心的话，他的眉头舒展开来，双眼炯炯放光，皱巴巴的鱼脸不见了，而他注视着那只漫漫长路上的鼻涕虫的表情，也几乎和蔼起来。可谓焕然一新。

“我懂你的意思了。你要帮我铺平道路，可以这么说吧。”

“没错。松松土。”

“这主意太妙了，伯弟。这么办一定能成。”

“对啊。还有，别忘了，这后面可就靠你自己了。你得打起精神，开足马力，不然我的工夫就白费啦。”

之前那种“天哪救命”般的表情又出现了。他有点张口结舌。

“是啊。我究竟说什么好啊？”

看在我们是同学的分上，我努力克制不耐烦的情绪。

“见鬼，有很多话可以说啊，聊聊落日什么的。”

“落日？”

“没错。已婚男士里头，有一半都是从聊落日开始的。”

“落日有什么好聊的啊？”

“这个嘛，吉夫斯有一天来了一句，很不错的。那天晚上他在公园里遛狗，碰见我，他说：‘苍茫的景色从眼前消失，少爷，

1　引自威廉·吉尔伯特（W.S.Gilbert, 1836—1911）的无韵诗剧《皮格马利翁与伽拉忒亚》（*Pygmalion and Galatea*, 1871）。

一片肃穆的寂静在空气中蔓延。’你不如用这句吧。”

“什么东西从眼前消失？”

“苍茫的景色。这么记：苍——苍蝇的苍，茫——芒果的芒……”

“啊，苍茫？嗯，的确不赖。苍茫的景色……肃穆的寂静……好，的确是佳句。”

“然后你就可以说，你常常有一种想法，觉得星星是上帝的雏菊项链。”

“我没这么想过啊。”

“我觉着也是。但是她想过。这句甩给她，她一定情不自禁，觉得找到了另一半的灵魂。”

“上帝的雏菊项链？”

“上帝的雏菊项链。然后你就继续，说黄昏时分总忍不住伤感。我懂，你想说不伤感，但是在这种场合就一定得伤感。”

“为什么？”

“她也会这么问，然后你们就进入正题啦。你回答说，伤感是因为生活孤单难耐。这里也不妨跟她描述一下你在林肯郡家里的日常生活，傍晚时分你总是拖着脚步在草地上踱步。”

“我一般是坐在屋子里听无线电。”

“不，不要这样。你拖着脚步在草地上踱步，期盼有个人爱你。然后你就讲讲你们的邂逅，她是如何走进了你的生活。”

“像个仙女。”

“太对了，”我表示赞许，我怎么也想不到某人还能冒出这么火辣的词儿，“就像仙女。干得漂亮，果丝。”

“然后呢？”

“这个嘛，那就好办啦。你就说有话要跟她讲，然后就开口呗。我看不可能不成。要是我呢，就在这片玫瑰园里下手。人人都知道，最万无一失的办法就是把爱慕对象引到黄昏时分的玫瑰园。还有，你最好先灌两口。”

“灌两口？”

“黄汤。”

“你是说酒？我不喝酒的。”

“什么？”

“我这辈子一滴酒都没沾过。”

坦白说，我对此有点半信半疑，普遍认为，这种场合稍来几杯垫底起着决定性作用。不过，要是他所言属实，那估计也只好将就了。

“那你就充分利用姜汁汽水吧。”

“我一直喝橘子汁的。”

“那就橘子汁。果丝，告诉我，我跟人打过赌，你真爱喝那垃圾？”

“很喜欢啊。”

“那我也不多说了。好了，咱们再从头过一遍，看看你记清楚顺序没有。第一句是苍茫的景色。”

“星星、上帝的雏菊项链。”

“黄昏时分忍不住伤感。”

“因为我生活孤单。”

“描述生活。”

“讲我跟她的邂逅。”

“再加上仙女那句。说你有话想说，叹几口气，握住她的手，开工。行啦。”

我自信他已经掌握了情况，一切都会按计划水到渠成，于是拔起脚，匆匆回屋去了。

我走进客厅，终于敢正眼瞧一瞧那位巴塞特，此时我才发现，我最初的那种轻松乐观有点消减。这么近距离地看着她，让我突然觉醒到，原来给自己揽了个大麻烦。想到要和这个怪生物一起散步，让我不可避免地感到心很不愉快地一沉。我不由想起，在戛纳的时候，多少次我都呆呆地望着她，暗暗希望哪个好心的跑车车手能过来缓解一下气氛，对她施展一个拦腰截断。我已经明确表示过，这位小姐和我算不上意气相投。

但是，咱们伍斯特向来说话算话。胆怯不可能没有，但决不临阵脱逃。当我问她能不能赏脸出来半个小时的时候，只有最敏锐的耳朵才能听出，我的声音在颤抖。

“傍晚很美。”我说。

“是啊，很美，是吧？”

“很美。让我想起了戛纳。”

“那里的傍晚真的很美啊。”

“很美。”我说。

“很美。”这巴塞特说。

“很美。”我附和。

法属里维埃拉的天气和新闻就此播报完毕。一分钟以后，我们走进了屋外广阔的空间，她又喃喃地对景色一番感叹，本人答“啊，是，对”，心里琢磨眼前这事该如何下手。

第十章

此时我不由想到，有的女孩可以煲电话粥，一起开着两座车去兜风，她要是这种女孩儿，那情况就大不相同啦。我只要简简单单地一句“听着”，她会问：“怎么了？”我就说：“你认得果丝·粉克-诺透啊？”她就说：“认得。”我就说：“他喜欢你哩”，她会说——情况一：“什么，那个呆子？哈，谢谢老天，今天总算有个好笑的事儿了。”或者情况二，比较热辣的“哦耶！快讲给我听。”

我是说，这样的话用不了一分钟就解决了。

但是这巴塞特明显没有上述那般爽快，并且还要黏糊糊得多。趁着天色还亮，我们走到屋外，这时黄昏还没有让位给夜色，落日还像烟头似的挂在天边。星星已经露了脸，蝙蝠在瞎扑腾，花园里的白花释放出臭烘烘的味儿，这种花是非等到晚上才肯加劲赶工的——总而言之，苍茫的景色从眼前消失，一片肃穆的寂静蔓延在空气中，很明显，这对她产生了极坏的影响。只见她瞳孔扩大，整张脸都在昭示灵魂的渐渐苏醒。

看她这样子，明显是看好伯特伦有什么重要消息。

鉴于这种情况，对话不可避免地冷淡了一点。每次需要贡献一定伤感情绪的时候，我总是表现欠佳，不过鑫斯俱乐部的同仁曾纷纷向我表示，他们也有这个毛病。记得有一次胖哥·托森顿跟我讲，他曾经在月色中带一个姑娘坐贡多拉船，其间他只开了一次口，还是跟对方讲那个老掉牙的故事：有个家伙游泳游得特别好，后来就在威尼斯当上了交警。对方听了没有任何反应，胖哥对我信誓旦旦，并且没过多久，这姑娘就说夜色有点转凉，不如折返住处吧。

眼下，刚才说过，对话完全熄火了。没错，我是答应果丝，跟这位小姐爆料痛苦的心，但这种事儿需要一个楔子。我们一路走着，一直走到湖边她才终于开口，但是我发现她说的是星星，可想而知我是多么愤愤不平。

情况很不妙。

“哎，瞧啊。”她说。她完完全全是一个“哎瞧客”。之前在戛纳我就发现了，她曾在不同场合用这个方式吸引我注意各式各样的目标，例如法国女演员、普罗旺斯的加油站、艾斯特罗尔的落日、作家麦克·阿伦[1]、卖彩色眼镜的小贩、深天鹅绒蓝般的地中海、穿着条纹连体泳衣的纽约前任市长，“哎，瞧啊，那边有一颗可爱的小星星。”

我看到了，灌木丛上方那颗挺小的家伙，有点超脱的架势。

“嗯。”我答。

“不知道它会不会寂寞呢。”

“啊，我看不会。”

“一定是仙子流下了眼泪。”

1 Michael Arlen（1895—1956），亚美尼亚作家，1928年开始暂居戛纳。

“唔？”

“你不记得了吗？‘仙子每流下一滴眼泪，就有一颗小星星诞生在银河’。你想过没有，伍斯特先生？”

从来没想过。我看这实在没有可能，而且我觉得，这也有违她那个“星星是上帝的雏菊项链”理论。两者不可能同时成立嘛。

不过，我此时没心情进行剖析批判。我发现，刚才认为星星跟事情没有关系，这样想是错误的。其实人家提供了很好的楔子，于是我见机行事：“说到流眼泪呢——”

可是这会儿她已经转到兔子的话题，因为右手边的草地上有几只正在瞎胡闹。

“哎，瞧啊，那几只兔宝宝！”

“说到流眼泪呢——”

“这样的夜色，伍斯特先生，你如何不爱？太阳睡去了，小兔宝宝们一起出来吃小晚餐。小的时候，我相信兔子就是地精，要是我屏住呼吸一动不动，就能见到仙女啦。”

我潦草地做了个手势，表示我也料想到她小时候一定有这种蠢想法，然后再次回到正题。

“说到流眼泪呢，”我坚定地重复，“这可能和你有关，布林克利庄园里就有一颗心在痛。”

这话终于制住了她。她扔下了兔子的主题，她的脸色——我猜本来因为兴奋而泛着红润——也沉了下来。她发出一声叹息，听上去好像橡皮鸭漏气的声音。

“啊，是啊，生命真是哀伤，对不对？”

“对某些人是。比如说，这颗痛苦的心。”

“她的双眼多么伤感！真是泪眼迷蒙。从前那双眼睛一直闪着精灵的喜悦。全都怪鲨鱼惹来这场无聊的误会。误会真是一出悲剧，那美好的爱情就这样结束了，仅仅因为格罗索普先生坚称那是比目鱼。”

我看出她搭错了线。

“我说的不是安吉拉。”

“她的心在痛啊。”

“我知道她的心是在痛，不过还有一个人。”

她困惑不解地望着我。

“还有一个人？你是说，格罗索普先生？”

“不，不是他。”

“那是特拉弗斯夫人？”

要不是牢记着伍斯特家族考究的礼貌守则，我真想给她一耳光，我宁可出一毛钱买这样一个机会。我觉得，她坚决猜不中，是在故意犯傻。

“不，也不是我达丽姑妈。”

“我想她一定忧心忡忡。”

“是。但是我说的这颗心，不是因为大皮和安吉拉吵架而痛的。它痛完全是因为别的理由。我是说——见鬼，你知道心为什么会痛！”

她好像抖了一抖，说话的声音有点沙沙的：“你是说——因为爱？”

“正是，猜得一点儿也不错。因为爱。”

“啊，伍斯特先生！”

“你是相信一见钟情的吧？”

“是的，我相信。”

“那好，这颗心就是为这个原因痛。它对某个人一见钟情，从此以后就默默自噬，好像是这么说的吧。”

一阵沉默。她转过脸，注视湖里一只猛吃水草的鸭子。我一直搞不懂草有什么好吃的。不过仔细想想，可能也不比菠菜差到哪儿去吧。她如饥似渴地看了好一会儿，直到鸭子突然一头扎进水里消失，这才打破沉默咒。

“啊，伍斯特先生！”她又重复了一声，从声音判断，我看出她终于被我引上了正题。

“全是为你，我说的这个人。”我开始语言软化。我敢说大家都知道，这种情况下最难的部分就是铺陈大意，把总体思路梳理好，剩下的就都是细节问题啦。虽然不能说我此时变得能说会道，不过肯定比刚才更能说会道了。

“这颗心饱受折磨，吃不下，睡不着——都是因为爱你。但更倒霉的是，这颗痛苦的心啊，总是不能鼓起勇气向你表白，因为一看到你的侧影，它就开始打退堂鼓。每次话到嘴边，一看到你的侧脸，就说不出来了。很傻吧，不过这就是事实。”

我听到她吸了一口气，然后看到她的眼睛湿乎乎的。泪眼迷蒙，也许有人会这样形容。

“要手帕吗？”

“不用，谢谢，我很好。”

我可没办法这么形容自己的状态。经过这番努力，我感到很虚弱。不知道诸位有没有经历过类似的磨难，反正我每次说完土豆泥一样的话，就会感到一种针扎的刺痛和巨大的羞愧，同时毛孔显著扩张。

记得有一次，那是在赫特福德郡阿加莎姑妈家，为了援助“困苦的牧师之女”，而特地举办了一场表演。我被迫扮演爱德华三世，跟他那个“美丽的罗莎蒙德”上演道别那一幕戏[1]。对白都是那种矫情的中古英语，我依稀记得，台词忠实还原了那个“有话直说”的时代，等到结束哨声吹响的时候，我敢打赌，无论哪位修女都比不上我困苦。浑身上下没剩一块干爽地儿。

我此时的境况也差不多。此时沦为液体状的伯特伦听到他的对话人嗝了几声开始说话，便凝神细听。

“请别再说下去了，伍斯特先生。”

哦，反正我也说完了。

“我明白。”

我很高兴，这就好。

“是的，我明白。我不会故意装作不懂你的意思，那样多傻。其实在戛纳的时候我就有所察觉了。那时你总是站在那里望着我，纵然一言不发，但眼睛里却有千言万语。”

即使安吉拉那条鲨鱼在我腿上咬了一口，我也不会这么抽筋似的一个惊跳。我一直专注地想着果丝的问题，因此完全没有预料到，我这番话不幸还可以有另一种理解。额头上的汗珠儿此时已经汇成了尼亚加拉瀑布。

我的命运完全凭这个女人一句话。我是说，我怎么好推脱呢？要是一个姑娘觉得对方在向她求婚，并且基于这种理解给予肯定，那就没法解释说自己压根没有这方面的想法，只能将错就错。一想到我未来的未婚妻公然谈论仙子出生是因为星星揩鼻涕

1 美丽的罗莎蒙德（Fair Rosamund）其实是亨利二世的情人。

还是什么的，我真是吓得不轻。

她还在继续，我一边听，一边握紧了拳头，如果骨节已经凸起发白，我也绝不会惊讶。她怎么说来说去都说不到重点。

“是的，在戛纳的那些日子里，我猜得到你欲言又止的原因。这种事姑娘家的总能看得出。然后你又尾随我来到这儿，今天晚上见到我，你的双眼里仍然是那样呆滞而渴望的目光。之后你坚持叫我出来，跟你在暮色中散步。现在你终于结结巴巴地吐露了断断续续的话。是的，我并没有惊讶。但是，对不起——”

这句话如同吉夫斯的醒神剂。仿佛一杯肉汤、红胡椒、鸡蛋黄——当然，我说过，我坚信配料不只这些——灌进了我体内，我如同一朵美丽的花儿在阳光下绽放。总算没出岔子。我的守护天使并没有在节骨眼上打瞌睡。

“——只怕这不可能了。”

她顿了一顿。

“不可能了。”她重复了一遍。

我忙着享受免于砍头的感觉，有一阵工夫完全忘了需要作出一个回应。

“啊，行啦。”我急忙说。

“对不起。”

“不要紧。”

“对不起。真不知说什么好。”

“千万别多想。”

“我们以后还是朋友。”

“啊，是。”

“那以后就再也不要提这件事，就当这是我们之间一个美好的小秘密？”

“当然。”

“就这样。当它是紫色信纸里裹着的一个馨香可爱的纪念。”

“紫色的——好。”

沉默持续了好一会儿。她看着我，充满了一种神圣的怜悯的神色，好像我是她的法国平跟鞋底不小心踩到的蜗牛。我特别想说不要紧，因为伯特伦不但不是绝望的受害人，反倒是感到这辈子都没这么舒爽得冒泡。但是，这种话当然说不得。我于是一言不发地杵在那儿，做出一个勇敢的表情。

“真可惜，要是可以……”她喃喃地说。

“可以？”我的注意力刚刚分散了。

“像你对我那样对你就好了。”

“啊，哦。”

“但是我不能，对不起。”

“绝对没关系。是两个人的问题，一定的。”

“因为我很喜欢你的，伍斯特先——哦，不，我想还是应该叫你伯弟，可以吗？”

“哦，好。”

“因为我们是真正的朋友。”

“对。”

“我真的很喜欢你，伯弟。要是能选择的话，不知道——”

“唔？”

“毕竟我们是真正的朋友……我们有这份共同的回忆……你有权知道……希望你不要觉得——生活真是一团乱麻，是不是？”

一定有许多人会把这些乱七八糟的话当作呓语，不会当真。但是咱们伍斯特就是比普通人敏锐，可以读懂弦外之音。我突然猜到，她这是有话要说，不吐不快。

“你是说，你心里有了人？”

她点了点头。

“你爱着另一个人？”

她点了点头。

“订婚了，是吗？”

这回她晃了晃南瓜。

“没有订婚。”

嗯，那可能还有戏。不过，从她的口气判断，可怜的果丝看来还是把名字从入围名单里勾掉为好，而这个坏消息还得由我来通知他，这我可老大不乐意。我对他进行过深入研究，结论是：这会要了他的命。

看，果丝呢，和我的某些朋友不一样——我第一个想到的就是炳哥·利透。他要是在哪个姑娘那碰了软钉子，也就一句“嘿，倒霉哟！”然后就兴高采烈地跑去找下一个目标了。但是果丝呢，很明显，他要是给一振出局，保证立马卷起铺盖，下半辈子空对着那些水螈犯愁，蓄起花白的长胡子，好比小说里的那些仁兄，住在白色的大房子里，透过树缝依稀可见的那种，完全与世隔绝，一脸苦大仇深。

“只怕他对我并不是这样想的。至少他没有表示过。你知道，我这样跟你坦白，是因为——”

“啊，对。”

“真巧，你刚才问我相信不相信一见钟情。”她半闭着眼睛，“恋爱的人哪个不是一见钟情？[1]”她的声音很奇怪，让我莫名地想起阿加莎姑妈扮演的布狄卡女王[2]，也是在我刚才说的那场表演活动上，“这个故事挺傻的。那时我正在乡下朋友家里做客，有一天出去遛狗，结果这可怜的小家伙小爪子上扎了一根讨厌的刺，我正不知所措，突然一个人出现了——”

再次回想起那场表演，我对自己当时的感受做了一番描绘，不过刚才只讲了黑暗面。其实，现在容我来加一句，劫后余生是非常美妙的。我从锁子甲里爬出来，溜到当地的酒馆，走进雅座间，烦请店主斟酒。不一会儿，一杯主人家自制的佳酿就握在手中，那第一口的滋味我仍然记忆犹新。回想起之前在苦难里走了一遭，我知道，这正是苦尽甘来。

眼下的情形也一样。听到她这句话，我发现她说的一定是果丝无疑——我是说，当天不可能有一个连的男士帮她给狗拔刺吧。那玩意儿毕竟不是针垫。同时我意识到，刚才的果丝还是毫无胜算、根本不值押一毛钱的样子，却竟然成了最终的赢家。想到此，一阵激动流遍我全身，让我情不自禁地“呀！”了一声，这声音如此清脆悦耳，以至于这位巴塞特跳了起来，双脚离terra firma[3]一寸半高。

“抱歉？”她说。

我轻快地一挥手。

“没事，”我说，“没事。就是突然想起来，今天晚上我有

1　引自马洛的诗。

2　布狄卡（Boadicea, 33—61），英格兰东英吉利亚地区古代爱西尼部落的王后和女王，领导不列颠诸部落反抗罗马帝国占领军统治的起义。

3　拉丁语，意为坚土、大地。

一封信务必要写好。抱歉啦，我得回屋去了。瞧，”我说，“果丝·粉克-诺透来了。他会陪你的。”

说话的工夫，果丝从一棵树后面钻了出来。

我借机隐退，留下他们两个人。对这一对来说，毫无疑问是万事俱备。对果丝的唯一要求就是保持自信，不要紧张。拔腿回屋的路上，我已经感到幸福的结局正悄然上演了。我是说，这个姑娘和这位先生已经分别肯定地表示爱着对方，再配合着暮色，看来能做的也就只有打听打听煎鱼锅铲的价格了。目标设定，目标达成，我认为，我可以去吸烟室斟两盏浊酒犒劳自己啦。

于是我便向彼处进发。

第十一章

原材料都整齐地摆在墙角的茶几上。斟一杯一英寸左右高的纯烈酒，再兑上一点苏打水，对我来说，这只消一会儿工夫。我握着酒杯，坐在扶手椅里，搭起脚，心满意足地品着，颇有点凯撒大帝征服了内尔维后在帐篷里来一杯的气概。

我开始幻想那宁静的花园中此时此刻的情景，感到喜悦而振奋。虽然我一直毫不动摇地坚信，奥古斯都·粉克-诺透是自然界榆木脑瓜的终极发展形式，但是我对他很有感情，希望他一帆风顺，因此在他求婚成功这件事上，感到就像我求婚一样，自己责任重大。

此时他可能已经轻松完成铺垫性的“不和八儿类”[1]，八成正热火朝天地讨论初步的蜜月计划，我感到心情舒畅。

当然啦，再一想到玛德琳·巴塞特其人——什么星星兔兔的——可能大家会认为，我理应感到深切地悲痛。不过说到恋爱这件事儿，必须承认，是萝卜青菜各有所爱。一见到这个巴塞特，凡是思维健全的男士，第一反应是立刻掉头，有多远跑多

1 法语：pourparlers，意为谈判。

远。但是莫名其妙的，她正中果丝的意，那还有什么好说的。

正想到这儿，一阵开门声打断了我的思绪。有人走进门，像只猎豹似的扑向小茶几，我放下腿，认出此人是大皮·格罗索普。

一见之下，懊悔之情涌上我的心头，因为直到此刻我这才想起，原来我光想着解决果丝的问题，兴奋之中，已经把这位委托人给忘了。同时处理两宗案子，这种情况总是不可避免的。

不过，既然果丝已经无需担忧，我可以全心全意地专注格罗索普的问题了。

他出色地完成了我布置的饭桌任务，这让我颇感欣慰。不要小看这项任务，我发誓，那菜那汤真是一流水准，尤其是那道阿涅丝·索莱尔nonnettes de poulet[1]，任凭你有钢铁般的意志，也会被瓦解。但是大皮表现出了专业斋戒人士的品质，我深以为荣。

“啊，嗨，大皮，”我打招呼，“我正想找你呢。”

他转过身，手里握着一杯酒。很明显，绝食使他经受了非人的磨炼。此时他像只西伯利亚荒原狼，眼睁睁地看着到了嘴边的野鸡蹿上了树。

“是吗？”他的口气很不友善，“我这不就在吗。”

“怎么样？”

“什么怎么样？”

“快汇报吧。”

“汇报什么？”

“安吉拉啊，你就没什么要说的吗？”

1 童子鸡小圆饼。阿涅丝·索莱尔（Agnès Sorel，1421—1450），号称法国历史上第一美女，查理七世的情妇。

“就一句，这个臭丫头。”

我忧从中来。

“她难道还没有伏到你怀里？”

“没有。”

“奇了怪了。”

“怎么就奇了怪了？”

“她肯定看出你没胃口啊。”

他一声嘶吼，看来是灵魂之扁桃体发炎了。

“没胃口！我瘪得跟个大峡谷似的。”

“打起精神，大皮！想想甘地。”

“想甘地做什么？”

“人家多少年都没吃过一顿饱饭。”

“我不也是，反正我可以发誓。甘地你个鬼。”

我认为，最好还是放下甘地这个“魔体符”[1]。于是我又捡起最开始的话头。

“她这会儿可能正四处找你呢。”

“谁？安吉拉？”

“是啊，她一定看出了你超人般的牺牲精神。”

“我觉得她连看都没看，那个小笨蛋。我打赌，根本一点效果也没有！”

“得啦，大皮，”我开导他，“这样就不好了，看问题不要这么悲观嘛。她至少注意到你没吃阿涅丝·索莱尔nonnettes de poulet。你这份决绝惊天地，泣鬼神，这么突兀诡谲。还有那道罗

1 法语：motif，意为主题。

西尼cèpes à la Rossini[1]——”

他扭曲的嘴唇间迸发出一声嘶哑的呐喊。

“你还不住口，伯弟！你当我是石头做的吗？看着阿纳托最美味的菜肴一道接一道一闪而过，这还不够，难道还要你在这儿念叨吗？别在我面前提什么nonnettes，我受够了。”

我继续鼓励他，安慰他。

“勇敢点，大皮。凝神想想食品柜里的冷牛肉腰子馅饼。常言道，一宿虽有哭泣，早晨便必欢呼。”

“可不是，早晨！现在才九点半哪。你就非得跟我提馅饼是不是？我可正努力不去想呢。”

我懂他的意思。距离大嚼馅饼还有好几个小时。于是我撇开了这个话题，我们就沉默地坐着，好一会儿他才起身，在屋子里焦虑地来回踱步，好像动物园里的狮子，听见吃饭的锣声响了，心里念叨着饲养员分发食物的时候可千万不要忘了自己哦。我于是非礼勿视，不过可以清晰地听到他踢椅子、踹东西的动静。显而易见，他的心灵饱受煎熬，血压飙升。

很快他又踱回椅子边坐下，我发现他正目不转睛地盯着我。从他的姿态里，我推断，他好像是想和我展开交流。

我果然没有猜错。他在我膝盖骨上重重地敲了一下，开口说道：“伯弟。”

“啊？”

“我有件事儿想跟你说说。”

“说吧，老伙计，”我亲切地答道，“我正在想，这个场景

1　cèpes à la Rossini，意为罗西尼牛肝菌。

是不妨加入一段对话的。”

“关于我和安吉拉这事儿。”

“嗯？”

“我一直在苦苦思索。”

“啊，然后呢？”

“我对情况进行了毫不留情的分析，有件事儿像一道闪电一样引起了我的注意。有人在搞鬼。”

“我没懂。”

“好，这么说吧，我先来讲一讲事实。去戛纳之前，安吉拉是爱我的。她全心全意地爱我，我就是她的宝贝。这你同意吧？”

“毋庸置疑。”

“她一回来，我们就闹翻了。”

“的确。”

“无端端地。”

“嘿，见鬼，怎么叫无端端地？你那么说什么来着，她那条鲨鱼，有点不识相吧。”

“我对她的鲨鱼是直言不讳。我说的就是这个问题。你真以为，因为对鲨鱼有不同意见，这么点微不足道的事儿，就能让一个姑娘把心上人拱手送走了？”

“当然。”

我真搞不明白他怎么就不懂呢。不过话说回来，这可怜的大皮同志对纤细微妙的情感从来都是马马虎虎。他属于那种在足球场上横冲直撞的傻大个，缺乏敏感的触觉——记得吉夫斯曾这么形容过。要他去挡个悬空球啦，穿着钉鞋踩过对手的脸啦什么的，他是一流人选，但是说到理解女性异常敏感的情绪，他可不太拿手。他永远也不会明白，一个女孩子会为了她的鲨鱼，宁可放弃一生的幸福。

“胡说！那根本就是借口。”

“什么是借口？”

“鲨鱼那码子事儿。她想甩掉我，就随便捡了个理由。”

“不对，不对。”

“我说是就是。”

“那她又为什么要甩掉你？”

“说得就是！我也在这么问自己。答案就是：她爱上别人了！这明摆着嘛，其他的选项都不可能。去戛纳以前，她爱的是我，一回来，她就不爱我了。很明显，在这两个月当中，她在那儿看中了哪个浑蛋，移情别恋了。”

“不对，不对。”

“别不对不对的了。肯定是这么回事儿。好，不妨告诉你，我这可不是说着玩儿的。要是让我知道这个阴险小人，这个狡诈的骗子是谁，哼，他最好趁早打算，联系好中意的养老院，我绝对不会手下留情。我打算，一知道他的身份，就掐住他的臭脖子，摇到他口吐白沫，从里到外翻过来，活活把自己吃掉。”

他撂下这话就闪人了，我等了一两分钟，估计他彻底不见人影了，这才起身向客厅走去。女士们喜欢用餐过后在客厅里休息，这个习惯是举世皆知的。我推测安吉拉就在那里，希望能找她说两句话。

关于大皮这个理论，说什么有个鬼鬼祟祟的家伙在戛纳偷走了她的心，我已经表示过，根本站不住脚，这不过是他哀痛之中胡思乱想的结果。这当然都是因为鲨鱼，绝对是鲨鱼，不可能不是鲨鱼，才导致年少的爱恋绮梦暂时减了热度。我相信，只要趁现在和我这表妹谈一谈，就能让一切恢复正常。

坦白说吧，我相信，像她这样的女孩，天生一副善良温顺的性格，看到当晚餐桌上的景象，怎么可能不受到心灵的震撼？就连达丽姑妈家的管家赛平思，平日里一位漠然不动声色的先生，看到大皮对着那些个阿涅丝·索莱尔nonnettes de poulet挥手拒绝，都倒吸一口凉气，险些站立不稳。而旁边端着土豆的男仆则像见了鬼似的，眼睛都直了。像安吉拉这样的好姑娘，要说这事儿对她完全没有产生效果，这个选项根本不在考虑范围之内。我坚信，她此时一定在客厅里，心里血滴成河，盼着立刻复合呢。

走进客厅，我却只看到达丽姑妈一个人。她看见我飘进眼帘，好像给了我一个颇为仇视的眼神儿。不过，因为刚刚目睹过大皮的痛苦，我认为这应该归咎于她的节食行为。饿肚子的姑妈自然不能像吃饱了的姑妈那样满面春风。

“嘿，原来是你来了？”她说。

当然啦，这还用问。

“安吉拉呢？”我问。

“回房休息去了。”

“这么早？”

“她说有点头疼。”

“唔。”

听上去不大乐观。一个姑娘，看到分手的恋人胃口差得这般轰轰烈烈，如果心中重新萌生爱意的话，怎么会忽然闹头疼回房休息去呢。她一定会守在左右，低垂着眼帘，飞快地、歉意地瞥他一眼，传信号给他说，要是对方希望大家坐到圆桌上商讨一个解决方案，她全力支持。没错，必须承认，我觉得回房休息这事儿有点蹊跷。

“回房休息，啊？”我喃喃地琢磨。

“你找她有什么事儿？”

“我想找她出去散散步，聊聊天。”

“你想去散步？”达丽姑妈突然兴趣大增，“去哪儿？”

“啊，到处走走呗。”

“这样的话，我正有件事想拜托你。”

“我什么都答应。”

“不会耽误很久的。你知道有条小路，从花房一直通到菜园。沿着这条路一直走，尽头就是池塘。”

“知道。”

“那好，你先找一条结实点儿的麻绳或者线绳，顺着小路一直走到池塘边上——”

“池塘边上，晓得。”

“——在周围找一块大石头，或者大砖头也行。”

“知道了，”我口中这样说，其实心中还是云里雾里，“石头或者砖头，好的。然后呢？”

“然后嘛，”这位亲戚说，“你就做个听话的乖孩子，把绳子一头系在砖头上，再往你那死脖颈上一绕，跳进池塘把自己淹死。过几天我会派人把你捞上来埋掉，因为我要踩在你的坟墓上跳舞。”

这下我云里雾里得更厉害了。不仅是云里雾里，是受伤，是气不过。记得以前看过一本书，里面那个姑娘“突然飞奔出房门，只怕再待下去，会控制不住说出什么可怕的话来。决定不会再多待一天，受人侮辱，遭人误解。”我也体会到了这种感受。

不过，我又提醒自己说，对腹中只有半勺汤的女士，应当予以容忍。于是我将一股脑涌到嘴边的岩浆又咽了下去。

“怎么啦，”我殷殷问询，“这是闹哪一出？不会是在生伯特伦的气吧？”

“我气！”

“而且是在气头上。这股掩不住的敌意，是怎么回事？”

她眼中突然喷出一股烈焰，烧焦了我的头发。

“是哪个笨蛋，哪个白痴，哪个胡说八道的蠢货，竟然搞得我没了主见，去不吃晚餐？我早就该想到——”

我看出自己猜得不错。这就是她情绪起伏的原因。

“别生气，达丽姑妈。我懂你现在的感受。是不是觉得腹中有点空空如也？但是痛苦很快就过去了，要是我呢，就等大家都睡着了，然后偷偷下楼去洗劫食品柜。听说有一块相当不错的牛肉腰子馅饼，值这一趟扫荡。坚定信念吧，达丽姑妈，”我劝道，“很快汤姆叔叔就会出现，充满同情地致以关切的慰问。”

“你说他会？你知不知道他现在在哪儿？”

“我没见到他啊。”

“他把自己关在书房，双手捂着脸，念叨着文明和大熔炉。”

“噢？为什么？”

“因为我不得不硬着头皮告诉他，阿纳托不干了。”

我承认自己脚下一滑。

“什么？”

“不干了。就因为你出的那个馊主意。一个性格敏感脾气火爆的法国大厨，看到你叫大家都不要碰吃的，你以为他会作何感想？我听说，看到前两道菜几乎原封不动地给端回厨房，他深深地受了伤害，像个孩子似的放声大哭。等后面的菜也都一道一道撤下去，他开始认为，这一定是有人故意算计好了要羞辱他，于是决定递上辞呈。”

“妈呀！”

“这声‘妈呀’说得倒好！阿纳托啊，上帝对胃液的馈赠，就像玫瑰花瓣上的露珠一样消散了。这全都因为你犯傻气。我为什么叫你去跳池塘，这下你懂我的意思了吧。我早就该料到，一旦这家里有你钻进来，还卖弄小聪明，这屋子就要有灭顶之灾，估计要遭雷劈了。”

这话由姑妈嘴里说出来，听在侄儿心里，实在不痛快。但是我不怨她。从某个角度来看呢，无疑，伯特伦可能的确是犯了一个小小的失误。

“对不起。”

“对不起有什么用？”

“我是一片好心。”

“下次记着用坏心。那样我们大家也就挂个彩，还能留住小命。”

“汤姆叔叔不太高兴，是不是？”

“他像丢了魂儿似的，不住呻吟。就算本来还有希望从他那儿要钱，这下也全泡汤了。”

我摩挲着下巴沉思。不得不承认，她说的话是有几分道理。阿纳托的离去对汤姆叔叔绝对是致命的打击，这点没人比我更清楚。

在本册编年史中我曾写道，与达丽姑妈共结连理的这位来自海边的奇怪生物，经常是一副愁苦的翼指龙面孔，个中原因，就是他在远东的那些岁月里，虽然把自己赚成了百万富翁，但是消化系统出了故障，迄今为止，能够让他塞进吃的，又不至于在第三粒马甲扣下方大开莫斯科旧友联欢会的，只有独一无二的天才阿纳托一位，此外都探寻无果。要是没有阿纳托，除了一个不满的眼神，这位河东狮什么也别想从他那儿得到。没错，毫无疑问，事情似乎发展得不那么顺利，不得不承认，我发现马上要交稿的时刻，建设性的想法稍显不足。

不过，我有信心，不消多久就会出现转机，因此我面不改色。

“糟糕，”我坦言，“着实糟糕，不能否认。这对咱们大家都是个麻烦。不过不用怕，达丽姑妈，我保证能摆平。”

之前提过，采取坐姿的时候来一个趔趄难度很高，并且也验证过，我本人不具备这个本事。令我惊讶的是，达丽姑妈看似不费吹灰之力就做到了。她虽然稳稳地嵌在扶手椅里，但竟然打了一个大大的趔趄。她的面孔被一阵夹杂着恐惧和不安的抽搐扭曲了。

“你还胆敢耍什么疯疯癫癫的把戏——”

我认识到，和她讲理是不会有结果的。很明显，她不在状态。于是，我只有聊表心意，做了个关爱同情的手势，然后离开了客厅。至于她有没有把一本装帧精美的丁尼生作品集冲我扔过来，我就不好妄作评断了。我先前的确看到这本书就摆在她手边的桌子上，关门的那一瞬间，我记得好像感到有什么钝器砸到了木料上，但是，我当时正想着别的事，实在没有心情驻足观察。

怪我考虑得不够周全。差不多一桌子人都突然节食，以阿纳托那火爆冲动的普罗旺斯性格，的确可能发生不测。我不该忘记，这些高卢人多大的事也受不起。举世皆知，只要有一点点不顺心，他们就剑拔弩张的。看到他倾注了全部心血的那些nonnettes de poulet又给端回去，他一定心如刀割。

不过，为打翻的牛奶哭泣对大家都没有好处，所以也没必要再去想它啦。眼下，伯特伦的任务是拨乱反正。我在草地上来回踱步，苦苦思索如何达到目的，这时耳边突然传来一声丢了魂儿般的呻吟。我料定是汤姆叔叔逃出了囚笼，跑到花园里来呻吟了。

但是环顾四周，我叔叔伯伯的影子都没找到。疑惑之下，我正打算继续刚才的冥思苦想，这时声音又出现了。我向阴影处瞄去，结果看到一个模糊的身影，正坐在一张风格质朴的长椅上（这片乐土上到处点缀着这种长椅），此外，还有一个模糊的身影站在旁边。我又看了一眼，这下目光如炬，我拼凑出了事实。

这两个模糊的身影，按先后顺序排列，依次是果丝·粉克–诺透和吉夫斯。但是果丝何故在这里不住呻吟，我却想不明白了。

原因呢，就是我不可能听错。果丝的确没有载歌载舞。我向他走去，听到他又是一声，那是呻吟无疑。此外，我现在看清了他的面孔，他整个人就是一副沙包袋的样子。

“晚上好，少爷，”吉夫斯说，“粉克–诺透先生感到身体不适。”

我也有同感。果丝开始发出一串低沉的咕嘟声，我再也无法欺骗自己，一定是那个环节出了大岔子。我是说，虽然说婚姻是件挺严肃的事儿吧，一个小伙子意识到自己是当事人之一，常常会有点翻江倒海的感觉，但是我还从来没见过哪个刚订了婚的先生像他这样一副吃了败仗的样子。

果丝抬起头来。他双眼无神，揪着头发。

“再见，伯弟。”他说着站了起来。

我好像发现了一处错误。

“你是说‘你好’吧，是不？”

“不是，我就是说再见。我走了。”

“走哪儿去？”

“去菜园，跳池塘淹死。”

“别傻了。”

“我不傻……我傻吗，吉夫斯？”

“可能有一点不明智，先生。”

“你是指跳池塘？”

“是，先生。”

“总而言之，你认为，不要跳池塘？”

“我不建议这样做，先生。”

“那好吧，吉夫斯。我接受你的判决。毕竟，看到自家池塘里漂着一具浮尸，特拉弗斯夫人会不高兴的。”

“是，先生。”

“况且她对我还特别好。”

“是，先生。”

“你对我也特别好，吉夫斯。”

“谢谢，先生。”

“你也是，伯弟。特别好。大家都对我特别好。特别特别好。真的特别好。我没有什么怨言。好吧，那我还是去散步吧。”

我双眼鼓得像铜铃，看他跌跌撞撞地走进夜色中。

“吉夫斯，”由于情绪激动，我像羊羔一样咩咩叫着吸引母羊的注意，这我并不羞于承认，“到底是什么情况？”

“粉克-诺透先生情绪不能自已。他经历了一场精神磨难。”

我梳理了一下前情提要。

“我把他和巴塞特小姐留在这儿。”

“是，少爷。”

“我已经把她软化了。”

“是，少爷。”

“他很明白自己该怎么做。我已经手把手地教他学习台词和任务。”

“是，少爷。粉克-诺透先生也这样告知我。”

“既然如此，怎么——”

“很遗憾，少爷，发生了一点小状况。”

“你是说，中间出岔子了？”

“是，少爷。”

我想象不出。大脑在宝座上摇摇欲坠。

“但怎么可能出岔子呢？巴塞特小姐爱他呀，吉夫斯。”

“果然如此，少爷？”

“她跟我说得清清楚楚。只等果丝求婚就好了。”

“是，少爷。”

“那，他没提？”

“没有，少爷。”

“他究竟说什么了？”

“水螈，少爷。”

“水螈？”

“是，少爷。”

“水螈？”

“是，少爷。”

“他干吗要说水螈？”

“他本意并不是说水螈，少爷。我从粉克-诺透先生那里得知，这与他的计划背道而驰。”

我跟不上这思路。

“可是你不可能强迫谁说水螈啊。”

“粉克-诺透先生被突然袭来的紧张情绪所害，少爷。他意识到自己和一位年轻女士独处，坦言自己士气全消。在这种情形下，男士常常不由自主，将脑中涌现的第一个念头脱口而出。就粉克-诺透先生而言，这个念头就是水螈及其疾病护养与保健。”

我如醍醐灌顶，这下全懂了。以前在危急关头，我也有过类似的经历。记得有一次，面对我那下排两尖齿其一之上方手握钻头的牙医，我拖延并抗衡了将近十分钟，口中说了一个关于苏格兰人、爱尔兰人和犹太人的笑话。纯自动的。他越想下手，我越说“哎，大兄弟”“额的神”，还有“哎哟喂”。要是紧张起来，那可一定是顺嘴胡说的。

我假设自己是果丝，开始设想当时的情境。他和那巴塞特在苍茫的寂静中独处。他肯定按照我的建议，开始落日仙女之类的铺垫，然后到了关键处，此时的台词是有话要对她说。按我的猜测，她此时垂下眼帘应道：“啊，什么话？”

而果丝呢，我猜想，回答说这几句话非常重要，而我揣测对方的回答应该是“真的”或者“是吗”一类，也可能是倒抽一口凉气。然后他们四目相对，就像我和牙医那样，突然间，他腹部如遭一击，随即眼前一黑，接着就听到自己开始唠叨水螈。没错，我可以分析出他的心理。

话虽如此，我还是觉得这事儿全怪果丝。一意识到自己在大唱水螈之歌，他就应该立刻关上嘴巴，就算是一言不发也要强得多。不管他有多么激动，总该有点常识，看出他这是在捣乱啊。一个姑娘，本来以为对方马上要热血沸腾地倾吐爱意，结果发现对方突然话锋一转，开始对水生类蝾螈大发演讲，心情怎么好得了呢。

“不妙啊，吉夫斯。”

“是，少爷。”

“这场戏闹了多久？”

“据我所知，持续时间不可算不可观，少爷。据粉克-诺透先生称，他言无不尽，不仅向巴塞特小姐介绍了普通水螈，还扩展到羽冠类及蹼足类品种。他描述了在繁殖季节里，水螈如何栖息在水中，以蝌蚪、昆虫幼虫及甲壳动物为食，之后，他们又如何爬上陆地，专吃蛞蝓及蠕虫，新生的水螈如何长有三对长长的状似羽毛的外鳃。他正讲到水螈和蝾螈的区别，两者尾巴形状有所不同，水螈尾部呈扁平状，并且多数水螈品种中普遍存在明显的雌雄异形现象，这时，这位小姐站起身说应该回房间去了。”

“然后——”

“她便回房间去了，少爷。”

我一阵沉思。心中有个想法越来越清晰，果丝这个人呢，还真不是个容易帮忙的主儿。他好像尤其缺乏果断和行动力。你使出浑身解数，终于帮他摆好位置，他只管向前冲就行了。但是他没有向前冲，反而径直往偏了走，把目标给生生错过了。

“不好办啊，吉夫斯。”

“是，少爷。”

搁在以前，我一定会征询他对此事的意见。但是，因为白色晚礼服的缘故，我必须缄口不语。

“嗯，我得重新想想。”

“是，少爷。”

“擦亮大脑，找找别的出路。”

“是，少爷。”

“那好，晚安吧，吉夫斯。”

“晚安，少爷。”

他映着月光走远了，只留下伯特伦·伍斯特一动不动地站在阴影中沉思。在我看来，现在很难想出下一步怎么办才好。

第十二章

不知道各位有没有过这种经历，我自己呢，颇有种体会，就是每次遇到什么难题，暂时受了阻碍行不通，只要美美地睡上一觉，第二天早上一醒来，办法就乖乖送上门来了。

这次就是这样。

研究这类问题的聪明人好像声称这和潜意识有关，他们可能还真没说错。我当然不能随随便便地说自己有什么潜意识啦，不过我估计是有，只是不知道而已，毫无疑问，在伍斯特的肉身保证其八小时睡眠的同时，它就在那里辛勤劳作，挥汗如雨。

因此，早晨一睁眼，我就看到了光明。哦，我不是说那个光明，那个我当然看到了。我是说，我看到一切都安排得妥妥当当。老好的潜什么的如期交货，要把奥古斯都·粉克-诺透重新推上见习罗密欧的轨道，我知道该采取哪些步骤了。

恳请大家牺牲一小会儿宝贵的时间，回头想一想我们两个前一晚在花园里的谈话。不是苍茫的景色那一段，是结尾部分。回想过后，大家就会记得，果丝跟我说他从来不碰酒精饮料，我当时微微摇头，心里想，就向女孩子求婚这个问题而言，这无疑会消减他的威力。

随后的事件印证了我的担忧果然是有道理的。

经过试验，肚子里空有一些橘子汁，他大败而归。他需要像火红的铁钻子切过半磅黄油一样，用岩浆般热情的表白打动玛德琳·巴塞特。结果呢，他连一个让女孩儿家脸红心跳的词儿都没有，空对水螈发表了一通演讲，虽然措辞精巧，但按当时的情况看来，实在不合时宜。

一个性格浪漫的女孩，怎么可能靠这种战术赢到手？很明显，进行进一步尝试之前，必须先想办法让奥古斯都·粉克-诺透摆脱过去的枷锁桎梏，加满油。粉克-诺透要想在第二回合迎战那位巴塞特，必须先加好油，打好气。

只有这样，才能让《早间邮报》赚上那十先令——这只是打个比方，我也不清楚市价——登出近期婚讯。

如此敲定结论以后，我觉得剩下的事儿就好办了。等吉夫斯端茶进来的时候，我已经制定出一个详细完整的计划。我正想分析给他听听——没错，我已经布好了“我说吉夫斯啊”的开头，这时大皮驾到，打断了我们的谈话。

他魂不守舍地走进来，我很心痛地看到，一夜的休息并没有改善这个苦命人的形象。其实应该这样说，和上次见面相比，他更像被虫蛀过似的破烂不堪了。想象一只斗牛犬，肋下刚被踢了几脚，吃的又被猫叼走了，这便是我面前的希尔德布兰·格罗索普是也。

“杀了我吧，大皮，你怎么一副死相，”我很担心，“好大的黑眼圈啊。”

吉夫斯像条鳗鱼似的识相地悄悄退下了，我示意面前这具行尸走肉找张椅子坐下。

“怎么回事？”我问。

他一屁股坐到床上，默默揪被单，好一会儿都一言不发。

“我去鬼门关走了一遭，伯弟。”

“哪里？”

“鬼门关。”

“啊，鬼门关啊。什么风把你吹去的？”

他又陷入沉默，只是阴沉地瞪着双眼。

我顺着他的目光望去，看到壁炉台上的照片。那是汤姆叔叔穿着类似共济会制服的衣服照的，特意放大了摆在那儿。关于这张照片，我一直尝试跟达丽姑妈讲道理，讲了很多年。我提了两条建议，供她任选其一：一，把这破玩意儿一把火烧了；二，要是非留着不可，那就让我睡别的屋子。但是她不肯让步，还说这是为了我好。她坚称，这个训练会让我受益终身，它会教我知道，生活自有它的阴暗面，我们活在世上不单是图享乐。

“要是看着难受，就把它翻过去朝墙好了。”我轻声说。

“呃？”

“汤姆叔叔当乐队指挥的那张照片啊。”

“我来不是跟你讨论照片的。我是为了博取你的同情。”

“会给你的。到底什么事儿？是担心安吉拉吧？这个嘛，别怕。我又想出了一条妙计，包你能感化那个小虾米。我保证，等不到那红日落山头，她就会趴在你肩上啜泣啦。”

他一声怒吼。

“没门儿！”

“皮，大呸！”

“呃？”

“我是说，呸，大皮。听着，我会依计行事。你进来的时候，我正要跟吉夫斯详述我这个计划呢。要不要听听？”

“我才不要听你那些个破烂计划呢。计划根本没用。她早跑去爱上另一个家伙了，现在她恨我恨得牙痒痒。”

“胡说。”

“我没胡说。”

“听我说，大皮，我最懂女人心，安吉拉还爱着你。”

“哼，昨天晚上在食品柜那会儿看着可不像。”

“啊，这么说你昨天晚上去翻食品柜了？”

“对。”

“安吉拉也在？”

“没错。还有你姑妈，还有你姑父。”

我觉得此处需要加脚注。这对我来说可是个新鲜事儿。以前在布林克利也度过不少时光，但是压根没听说过食品柜居然是一个社交暴风眼，简直堪比赛马场上的小吃摊。

“把事情经过从头到尾说给我听听，”我说，“任何细节都不要遗漏，不论多么不起眼，细枝末节可能正是决定一切的关键呢。”

他盯着照片看了一会儿，眼神儿愈发暗淡。

“好吧，”他说，“事情是这样的。你知道我对那块牛肉腰子馅饼是怎么个态度。”

“是。”

“嗯，大约凌晨一点钟，我认为时机成熟，便悄悄出了卧室，走下台阶。馅饼似乎在向我招手。”

我点头同意。我知道馅饼的确有这个特点。

“我走到食品柜，摸出馅饼，放到桌子上，拿了刀叉，取了盐、芥末、胡椒。看到还有点冷土豆，就夹了几只。正要大快朵颐，突然听到背后传来一个声音，居然是你姑妈站在门口。她穿着一件蓝黄相间的睡袍。”

“尴尬了。”

“可不。”

“你一定不知道往哪儿看是好。”

“我就看着安吉拉。”

“她跟我姑妈一块去的？”

“不是，她和你姑父一起到的，就隔了一两分钟。你姑父穿着淡紫色的睡衣，还举着一只手枪。你有没有见过他穿睡衣拿着枪的样子？”

“没有。”

“没有最好。”

“大皮，快告诉我，”我急于确认，因此插嘴道，“安吉拉盯着你看的时候，目光有没有瞬间变得温柔起来？”

“她没盯着我看。她一直盯着馅饼来着。”

“她有没有说什么？”

“当时是没有。是你姑父最先开口的。他对你姑妈说，‘老天保佑，达丽，你怎么跑这儿来了？’对方回答，‘这个嘛，我倒要问问，我快活的梦游症病人，你又怎么来了？’你姑父说，他听到有动静，认为屋子里有小偷。”

我又点点头。我懂得其中原委。就在“闪亮之星”在切萨雷维奇平地障碍赛马中因为推挤对手被取消参赛资格那年，碗碟间的窗子无缘无故地大开，从那以后，汤姆叔叔就对小偷产生了特殊情结。他后来在所有窗子上都装了防盗窗，装好之后，我第一次拜访的时候，想把脑袋伸出防盗窗透一透乡间的空气，结果撞上了铁丝网之类的东西，就是中古世纪看守森严的监狱装的那种，差点碰碎了脑壳。那种感受我至今也无法忘怀。

“‘什么动静？’你姑妈问道。‘很奇怪的动静。’你姑父答。这时安吉拉这个小蹄子，用她那钢丝一样的可恨声音插嘴说：‘我想是格罗索普先生吃东西的动静。’然后她瞟了我一眼。就是那种好奇又反感的眼神，好比一个超脱的女士在饭店里看到一个胖男人在大口大口喝汤。这眼神儿让人觉得，好像自己腰围二尺八，领子后边肥肉滚滚。然后她又用那刺耳的声音说，‘我该知会你的，爸爸，格罗索普先生晚上喜欢吃三四顿饭，这样才能坚持到早晨。他胃口好得惊人。瞧，这会儿差不多吃下一整块牛肉腰子馅饼了。’”

说这话的时候，大皮突然狂暴起来。他双眼闪着一种古怪的光，还用拳头狠狠地砸了一下床，我的腿差点吃了这一下。

“就是这话才伤人，伯弟，就是这话才让我痛心。那馅饼我根本一口没动啊。女人就是这样。”

“永恒的女性[1]。”

“她还没说完。‘你可不知道，’她说，‘格罗索普先生特别爱吃。这是他生活的目的。他一天总要吃六七顿饭，等入夜以后再开始第二轮。我觉得好了不起。’你姑妈好像很感兴趣，说这样说来我很像大王蛇。安吉拉说应该是大蟒蛇吧？然后她们两个就开始讨论究竟是哪种蛇。这期间你姑父就摆弄他那该死的手

1 引自歌德《浮士德》。

枪，最后让人感到待在附近都有生命危险。而那只馅饼呢，就摆在桌子上，我却碰也不能碰。这下你懂了吧，我是在鬼门关里走了一遭啊。”

“嗯。确实叫人心里不畅快。”

“很快你姑妈就和安吉拉讨论完毕，认为安吉拉说得对，我就是像大蟒蛇。然后我们分别回房，安吉拉用慈母般的语气提醒我，上台阶不要太急。她说，吃了七八顿饱饭，像我这种体型的人必须得格外小心，因为我容易犯羊癫疯。她说狗就是这样。要是狗太胖或者吃得太多，主人就得留心，不能让它们上台阶上得太急，否则它们就要气喘，这样对心脏不好。她问你姑妈，还记不记得之前死掉的那只叫安布罗斯的西班牙猎犬。你姑妈答道：‘可怜的安布罗斯，总是跑去翻垃圾桶，怎么都看不住。’安吉拉说：‘没错，所以请你一定要小心，格罗索普先生。’就这样你还说她仍然爱着我！”

我竭力给他打气。

“女孩家开玩笑，是吧？”

“女孩家开玩笑，见鬼去吧。她不爱我了。以前她视我为完美的化身，现在连做她战车轮子下的灰尘都不配。她疯狂地爱上了戛纳那个小子，现在看到我就心烦。”

我竖起眉头。

“亲爱的大皮，关于安吉拉戛纳那小子这件事，你平日的理智都哪儿去了？我这么说你别见怪，你这叫‘一对非克斯[1]’。”

“一对什么？”

---

1 法语：idée fixe，意为固执观念。

“‘一对非克斯’啊。你懂的，就是那种情结。比如说汤姆叔叔幻想着，跟警方稍有点瓜葛的人全都躲在花园里，瞅准时机闯进房子。你非说什么戛纳小子，戛纳根本没有这么一个小子，我来告诉你，我为什么这么肯定。在里维埃拉那两个月，安吉拉和我可以说是形影不离的。要是有什么人在她身边转悠，我肯定第一时间就发现了。”

他一惊。看得出，这话打动了他。

“啊，这么说，在戛纳她一直跟你在一起咯？”

“我觉得她都没和别人说过两句话，当然了，偶尔在挤满了人的餐桌上和邻座聊几句，或者在赌场众生间发发评论。”

“这样啊。你是说，比如男女混泳啦，在月光下散步啦这种事儿，陪她的人只有你一个咯？”

“一点不错。酒店里的人一直拿我们开玩笑呢。”

“你肯定很享受吧。”

“啊，是哦，我对安吉拉一向是全心全意的。”

“啊，真的？”

“小时候，她还说她是我的小甜心呢。”

“她真这么说？”

“绝对是真的。”

“这样啊。”

他陷入沉思。我终于让他安下了心，于是心满意足地继续喝茶。不一会儿，楼下大厅传来开饭的锣声，他就像战马听到冲锋号一样一个惊跳。

“早饭！”他一边喊，一边飞奔而去，剩下我冥思苦想。我越冥思苦想，越觉得现在一切都是顺风顺水的样子。大皮呢，虽然上演了食品柜那场苦情戏，仍然对安吉拉深情款款。

这就是说，他可以按此前提到的计划行事，顺利摘得小红花。而我既然也已经想好了解决果丝和巴塞特难题的办法，那就再也没什么可忧心的事儿了。

因此，我一派心情舒畅，等吉夫斯进屋来取茶盘，便打开了话匣子。

第十三章

“吉夫斯。”我说。

“少爷？”

“我刚刚和大皮聊天来着，吉夫斯。你有没有注意到，他今天早上精神不是那么饱满？”

“是，少爷。似乎格罗索普先生的面孔因为思虑而蒙上了一层苍白的病容。”

“是的。他昨天夜里遇见安吉拉表妹，随之展开了一场面谈，内容不堪回首。”

“很遗憾，少爷。”

“肯定不及他一半那么遗憾。安吉拉发现他在私会牛肉腰子馅饼，于是开口评论以吃为生活目的的胖子们，出言好像有点儿刻薄。”

“着实令人不安，少爷。”

“可不是。不少人甚至会宣称，两个人的关系已经发展到这个地步，一定是覆水难收啦。一个姑娘开玩笑说什么披着人皮的大蟒蛇一天吃八九顿饭，上台阶得留神，不然就可能发羊癫疯，不少人会说，这个姑娘心中的爱已经死啦。他们会这么说吧，吉夫斯？”

“不容否认，少爷。”

“那他们可就错了。”

“少爷认为如此？”

“我很肯定。我最懂女人啦。她们说的话不能信。”

“少爷觉得，看待安吉拉小姐的非难，不应该au pied de la lettre？”

“唔？”

“用本国话表达，就是‘望文生义’。”

“望文生义。我就是这个意思。女孩子家，你是知道的。一闹个别扭，就冷言冷语冷死人。但是在心底里，她们还是爱着对方的。我说得对也不对？”

“非常对。大诗人司各特曾——”

“行啦，吉夫斯。”

“遵命，少爷。”

“为了让爱火再次熊熊地窜出来，就得对症下药。”

“少爷说‘对症下药’的意思是——”

“用点手腕，吉夫斯。一出狡猾的计谋。让安吉拉表妹恢复常态的办法，我已经有了。说给你听听，好不好？”

“有劳少爷。”

我点了一根烟，透过烟雾敏锐地审视他。只见他正恭恭敬敬地等着我道出金玉良言。不得不说，吉夫斯呢，除了经常性吹毛求疵、从中作梗等好泼冷水的性格，一向是最佳听众。我也不知道他是不是打心底里急不可耐，反正他表面上就是一副急不可耐的样子，这一点最妙不过。

“假设，你正在无边无际的森林里漫步，吉夫斯，这时突然遇到一只老虎崽。”

“这种概率非常渺茫，少爷。”

“别理这个。咱们就是假设。”

“遵命，少爷。”

“咱们假设，你戏弄了这只虎崽，咱们继续假设，这事儿传到了虎妈妈耳朵里，知道孩子被人家欺负了。你想，虎妈妈会是个什么态度？你认为，这只母老虎找上门来的时候，是抱着什么情绪？”

“我猜测是某种程度的恼怒，少爷。”

“一点不错。这就是出于众所周知的母性，啊？”

“是，少爷。”

“很好，吉夫斯。我们现在假设，最近一段时间，这只虎崽和这只母老虎之间闹得有点僵。好几天了，这么说吧，他们都互不搭理。照你看，后者跳出来给前者打抱不平的热情，会不会因此而消减？”

“不会，少爷。”

“一点不错。好了，简而言之，这就是我的计划啦，吉夫斯。我要把安吉拉表妹拉到一个僻静的角落，痛扁大皮。”

“痛扁，少爷？”

“嘲笑、奚落、谩骂、谴责。我会简明扼要地说，在我眼里，与其说大皮是英国历史悠久的名牌公学教出来的学生，不如说他本质上就是只疣猪。然后会怎么样？听到大皮被痛骂，安吉拉表妹的妇人之心里会怒火中烧。她体内的母老虎复活了。不管他们之前怎么闹别扭，她这会儿只知道大皮是她的心上人，一定会站出来维护他。这之后，扑到大皮的怀抱里，既往不咎，也就是一会儿工夫的事儿。你对此有什么看法？”

“这是个天才的想法，少爷。”

“咱们伍斯特都是天才，吉夫斯，相当天才。”

“是，少爷。”

“其实呢，我并不是空口说说，而是有真凭实据的。这个理论我做过验证。”

“果然，少爷？”

“没错，亲自试验的。的确行得通。上个月，在法国昂蒂布伊甸崖，我正在观望游泳的人群在水里扑腾玩耍，一个和我不太熟的姑娘走过来，指着一个跳水的小伙子，问我觉不觉得他的腿是人类历史上最可笑的一对下肢。我回答说是的。确切地说，在接下来的两分钟里，我对这家伙的下肢发表了相当幽默风趣的见解。说完之后，我突然觉得被卷进了一阵气旋里。

“她先是对我的四肢进行了一番批判，其实是公道话——说我的也没什么好夸耀的，然后就开始剖析我的仪态、道德、智力、体貌以及吃芦笋的吃相，言语尖刻，等她说完，人家会觉得，伯特伦唯一的可取之处，也就剩下从来没有杀过人、没放火烧过孤儿院了。经过后续调查，得知这姑娘和前面那位腿兄是未婚夫妻，两个人前一天晚上闹意见，因为他们在讨论，她手里有七，但是没有王牌，是不是应该自作主张叫张梅花二呢，结果引起了争议。当天晚上，我看到他们两个在共进晚餐，胃口极好的样子，两个人和好如初，眼中又闪耀着爱的光芒了。这下你信了吧，吉夫斯。”

“是，少爷。”

“我预计，对大皮这么一番痛扁，在安吉拉表妹那儿也会收到同样的效果。估计到午餐那会儿，他们就会宣布恢复订婚，钻石白金戒指就又重新在安吉拉的中指上闪光啦。是中指还是无名指来着？”

“午餐还来不及，少爷。安吉拉小姐的女佣知会我说，小姐今天早上开车去附近朋友家，计划逗留一整天。”

“哦，那就从她回来以后算起，不出半小时啦。这些都是细枝末节，吉夫斯。没必要用宰牛刀。”

“是，少爷。”

“重点在于，对大皮和安吉拉的事儿，咱们可以自信地说，很快他们又会好得呱呱叫了。这么一想真叫人痛快，吉夫斯。”

“正是，少爷。”

“要说有什么事让我心里不痛快，那就是两颗相爱的心不能相守。”

“我深有同感，少爷。”

我把烟头丢进烟灰缸里，又点了一根，借此表示第一章截稿了。

“那行啦。西线太平了，现在回头来看看东边儿。”

“少爷？”

“我这是春秋笔法，吉夫斯。我是说，现在来着手处理果丝和巴塞特小姐的问题。”

“是，少爷。”

“这回呢，吉夫斯，需要采取直截了当的手法。对于奥古斯都·粉克-诺透一案，必须时刻铭记，我们面对的是一个废物。”

“一株敏感的植物，也许这个表达比较厚道，少爷。[1]”

“不，吉夫斯，就是废物。对于废物，必须坚守强硬果断的原则。心理学完全派不上用场。你呢，我这里提一句，希望不要伤到你的感情，就犯了一个错误，在处理粉克–诺透的事情上跟心理学瞎搅和，结果落花流水。你想刺激他行动，就给他捣鼓了红魔鬼的装扮，让他去参加化装舞会，因为你觉得猩红色的紧身裤会让他勇气倍增。徒劳一场。”

“实际上结果无从知晓，少爷。”

“是的，因为他根本就没去成舞会。这正好论证了我的观点。这位先生坐上出租车去参加化装舞会，结果还没去成，显然就是一个超乎寻常的废物。要说哪个人傻得连化装舞会都参加不成，这种人我还真不认识哪。你认识吗，吉夫斯？”

“不，少爷。”

“但别忘了这一点，其实这才是我最想强调的：就算果丝去成了舞会；就算在那条猩红色紧身裤和牛角框眼镜的联合作用下，那姑娘没吓得花容失色；就算这姑娘从惊吓中平复下来之后，果丝还能和她跳个舞，稍稍亲密接触一下；就算以上情况都成立，你也是白忙一场，因为呢，不管是打扮成梅菲斯特，还是没有打扮成梅菲斯特，奥古斯都·粉克–诺透永远也没办法鼓起勇气开口，让人家做他的新娘。结局不过就是对方提早几天听到那场水螈的演讲而已。请问原因是什么，吉夫斯？要不要我说给你听？”

“好的，少爷。”

---

1 雪莱长诗《敏感的植物》（*The Sensitive Plant*, 1820），指含羞草。

“原因就是，他完全没有希望达成这项重任，如果光靠橘子汁。”

“少爷？”

“果丝有橘子汁瘾。别的东西他都不喝。”

“这点我并不知晓，少爷。”

“是他亲口跟我说的。也不知道是因为祖上传下来的缺陷呢，还是因为他答应过母亲，也许只是因为他不喜欢那味道，总之，果丝·粉克-诺透活了一辈子，甚至连杜松子酒是什么滋味，他的舌头也说不出来。就这样，他，这个废物，吉夫斯，这个畏畏缩缩、胆小没用、披着人皮的兔子，还以为这样就能向心上人求婚呢。咱们真不知是该哭还是该笑，啊？”

“少爷是认为，男士准备求婚的时候滴酒不沾是一个障碍？”

听到这个问题，我着实吃惊。

“怎么了，见鬼，”我震惊了，“你居然不知道吗！用用你的大脑，吉夫斯。反思一下求婚代表什么。求婚就是说，一个自尊自爱的小伙子，不得不听着自己嘴里说出一段话——同样一段话，要是在大银幕上听到，他肯定会冲到售票处嚷着退钱的。让他光靠橘子汁去说，会出现什么状况？羞愧之下他开不了口，或者即使开了口，至少也丢了士气，开始说胡话。拿果丝这个例子来说，我们知道，他胡话的主题是菩提水螈。”

“蹼足水螈。”

“蹼足还是菩提，是哪种并不重要。关键就是他在说胡话，并且下次还是一样会说胡话。除非呢——现在我要你仔细跟上我的思路，吉夫斯——除非立刻通过正常渠道采取措施。只有用积极的手段，并且尽早执行，才能让这个优柔寡断、可怜巴巴的废物鼓起应有的劲头。为此，吉夫斯，我打算明天搞到一瓶杜松子酒，毫不吝惜地掺在他午餐上喝的橘子汁里。”

“少爷？”

我咂了咂舌头。

“我之前已经对你，吉夫斯，”我谴责地说，“那句‘这个嘛少爷’和‘果然如此少爷’提过意见。借此机会我要告诉你，我同样强烈反对你这句‘少爷’。这句话好像是说，在你看来，我下的论断还是定的计策太过匪夷所思，你大脑都迷糊了。在刚才这个情况里，根本没有什么可‘少爷’的。我这个计划没有一点不合理的地方，能通过最严密的逻辑检验，因此不应该引发你的‘少爷’。你难道不这么想？”

“这个嘛，少爷——”

“吉夫斯！”

“请原谅，少爷。我是无心之失。我想说的是，既然少爷坚持要问，你提出的这个行动在我看来还不够谨慎。”

“不谨慎？我没懂你的意思，吉夫斯。”

“依我看来，其中会伴有一定的风险，少爷。对一个完全不适应酒精的个体，要衡量这种刺激性饮料对他的影响，并不是易事。我目睹过酒精对鹦鹉的不幸作用。”

“鹦鹉？”

“我想到还没受雇于少爷的时候，此前的生活中有过这样一段经历。当时我在如今已经故去的布兰克斯特勋爵手下做事。勋爵养了一只鹦鹉，是他非常喜爱的宠物，一天，这只鸟儿显得无精打采，勋爵一片热心，希望鹦鹉恢复平日的活泼，于是给它喂了一块浸泡过八四年波特酒的种子香饼。这鸟儿很感激地吃进肚里，一副满足的样子。但是，几乎是刚吃完，它的行为就明显狂热起来。它先是咬了勋爵的拇指，然后唱了一段船夫曲，最后跌到笼子底下，两脚朝天，一动不动，如此持续了相当长一段时间。我提到这件事，只是想说——”

我瞄到了其中的错误，其实我一早就发现了。

“果丝不是鹦鹉。”

“的确，少爷，但是——”

“我认为，关于果丝究竟是什么这个问题，是应该彻底讨论并且澄清了。他似乎把自己当成雄水螈，而你好像又说他是鹦鹉。但事实真相是，他就是个简简单单、普普通通的废物，急需我们给他灌几盅。这事儿不用再提了，吉夫斯。我主意已定，要解决这个棘手的案子，办法只有一个，就是我刚才概述的那个。”

“遵命，少爷。”

“行啦，吉夫斯。那就这么定了。好了，有件事儿要说。你记得我刚才说，这个计划打算明天执行，无疑，你在想我为什么要定在明天。你说说看，吉夫斯？”

“因为少爷是觉得，要是干了以后就完了，那么还是快一点干？”

“这只是部分原因，吉夫斯，但不全是。之所以敲定这个日子，主要原因是，明天呢，无疑你已经忘光了，就是斯诺兹伯里集市文法学校颁奖的日子，你知道，果丝是要去做明星兼主持的。所以呢，给果汁掺酒，不仅能让他鼓足勇气向巴塞特小姐求婚，还能让他雄姿英发，颠倒斯诺兹伯里集市众生。”

“如此一来，少爷可以一石二鸟。”

“没错。这句总结得漂亮。好了，还有个小问题。我转念一想，觉得最好还是让你代替我去掺橘子汁。”

“少爷？”

“吉夫斯！”

“抱歉，少爷。”

“至于为什么这样最好，我来解释一下。原因就是你比较容易接触到那玩意儿。我注意到，每天给果丝的橘子汁是单独盛在一只果汁壶里的。我揣测，明天午餐之前，这果汁壶就放在厨房还是什么地方。由你来往里头倒几指宽的杜松子酒，这个任务再简单不过了。”

“的确如此，少爷，但是——”

“别但是了，吉夫斯。”

“只怕，少爷——”

“只怕少爷听着也不好。”

“我想说，少爷，很抱歉，但恐怕我必须明确提出nolle prosequi。”

“什么？”

“这是一个法律术语，少爷，意思是决定撤回诉讼不再坚持。换句话说，虽然我的总体原则是以执行少爷的指示为己任，但是这次恕难从命。”

“你不干，是不是这个意思？”

“正是，少爷。”

我惊呆了。好像一位将军命令部队冲锋，但是人家却说没心情，我开始理解作将军的心境了。

“吉夫斯，”我说，“真没想到你有这么一天。”

“是吗，少爷？”

“可不是。自然啦，我知道，给果丝的橘子汁掺酒这事儿呢，不在你领取每月薪酬的职责范围内，要是你坚持严格按合同办事，那我想咱们也是没有办法。但是请允许我说一句，这可算不得忠仆精神。”

“很抱歉，少爷。”

“不用抱歉，吉夫斯，真不用抱歉。我没生你的气，就是有点伤心而已。”

“遵命，少爷。”

“行啦，吉夫斯。”

第十四章

经打探，安吉拉去拜访的这家朋友姓斯特里奇-巴德，家境颇为殷实，据点在金厄姆庄园，往珀肖尔镇方向约八英里便是。这些主儿我都不认识，不过想必她们有极大的魅力，因为安吉拉好不容易把自己拽回来的时候，刚好该换衣服吃晚餐了。因此，我不得不等到喝过咖啡，才着手行动。我看到她在客厅里，于是立即下手。

就在二十四小时前，也是在这同一间屋子里，我迈着同样的步态，走向了那巴塞特，相比此时走向安吉拉，我起伏的心潮可谓是天差地别。我跟大皮说过，我对安吉拉一向全心全意，能和她一起去散散心，我最享受不过。

看得出，她是多么强烈地需要我的帮助和安慰啊。

说实话，这不幸的姑娘一副愁眉苦脸的样子，我心里着实震惊。在戛纳那会儿，她可一直开开心心、满面春风，带着英国姑娘那股典型的生气和劲头。但现在，她脸色苍白忧郁，好像女校曲棍球队的中锋，小腿刚吃了重重的一下不说，还因为“举棍过肩”给判了个犯规。周围要是一群正常人的话，一定会对她的样子议论纷纷，但布林克利庄园的暗淡标准节节攀升，以至于无人注意。是的，对窝在角落里等待末日降临的汤姆叔叔来说，她八成看起来还太过兴高采烈，十分不招人喜欢呢。

我拿出温文有礼的作风，开始执行计划。

“嗨，安吉拉妹妹。”

“你好，亲爱的伯弟。”

“你终于回来了，太好了。我可想你呢。”

“是吗，亲爱的？”

“可不是。想不想出去转转？”

“好啊。”

“好。我有很多话想跟你说，但是不能给外人听到。”

这时候可怜的大皮好像突然腿抽筋了。本来他在旁边一副要把凳子坐穿的架势，一直瞪着天花板，这时他突然像被叉中的大马哈鱼似的一个惊跳，碰翻了一张小桌子，桌上的花瓶、百香花碗、两只瓷器小狗和软皮装帧的欧玛尔·海亚姆[1]落了一地。

达丽姑妈一惊之下喊了一声打猎的号子。汤姆叔叔听到声响大概觉得文明终于崩塌，于是顺手打碎了一只咖啡杯助兴。

大皮连声抱歉。达丽姑妈发出临死前的呻吟，然后说不要紧。安吉拉傲慢地看了他一会儿，好像旧时的公主殿下遇到极其不懂规矩的笨手笨脚的乡巴佬，然后就挽着我出门了。一会儿工夫，我就把她和本人挪到花园中那种风格质朴的长椅上，准备开启夜色行动。

但是，在开始之前，我认为最好还是先随便聊几句作为铺垫。像我手里这种活儿，必须小心拿捏，不可操之过急。因此我

1 Omar Khayyam（1048—1131），波斯诗人，著有《鲁拜集》。

们就从不温不火的话题聊起。她说，自己在斯特里奇-巴德家耽搁了这么久，是因为希尔达·斯特里奇-巴德叫她帮忙布置明天晚上的用人舞会，这活儿她不好拒绝，因为布林克利庄园的全体用人都要参加。我说，晚上好好热闹一下，说不定阿纳托能乐呵乐呵，忘了烦心事呢。她说，阿纳托不去的。达丽姑妈劝他去玩玩，但据称阿纳托只是悲伤地摇摇头，继续念叨着要卷铺盖回普罗旺斯，那个懂得欣赏他的地方。

说完是一阵肃穆的沉默，沉默过后安吉拉说草上起了露水，应该回屋去了。

这当然完全有违我的原则。

“别，别回去。自从你回来，我还没机会跟你说说话呢。”

“我的鞋子沾湿了可就毁了。”

“把脚搭在我腿上好了。”

“好吧，你也可以胳肢我的脚腕。”

“是哈。”

于是我们按部就班，又有一搭没一搭地聊了几分钟，然后就渐渐没话说了。我点评了一下景色效果，主要提及暮色下的静谧、一眨一眨的星星、湖面上微微泛光的水波。她说是。我们对面的灌木丛里一阵窸窣作响，我提出了鼬鼠说，她回答有可能。但这姑娘明显心不在焉，于是我认为，最好不要再浪费时间了。

“嗯，老伙计，”我说，“你那点小波折我都听说了。这么说，教堂是不会响起婚礼的钟声了，啊？”

“对。”

“肯定没戏了，是吧？”

“对。”

“嗯。按我的意见呢，我觉得这倒是好事，安吉拉妹妹。照我说，你能脱身是再好不过了。我觉得不可思议的是，你居然对这格罗索普忍了这么久。他这个人，算不上什么好货色。没出息，就是这句话。不仅傻得厉害，还特别爱摆架子。哪家姑娘要是让大皮·格罗索普给拴上一辈子，那真是可怜。”

我纵声长笑——那种嘲讽的笑。

“我还一直以为你们是好兄弟呢。”安吉拉说。

我再次纵声长笑，这一次又增加了一点花腔。

“好兄弟？怎么可能。当然了，遇到的时候总还得礼貌点嘛，但要说跟他称兄道弟，那可就是笑话了。同在一家俱乐部，仅此而已。对了，还是同学。”

“是在伊顿吧？”

“老天爷，不是。伊顿怎么可能收这种人。那是伊顿之前，幼儿园同学。我记得他是个脏兮兮的毛头小子，总是一身墨水泥巴，每周四才洗一回，还是隔周。总而言之，没人爱搭理他，都是见了就躲。”

我停顿片刻，心里异常不安。这番话不仅我说得吃力——其实大皮他除了扣上吊环害我穿着正统晚礼服坠落游泳池以外，一直是我珍视且敬爱的密友——而且好像也没有产生任何效果。不见成效。安吉拉除了一声不吭地盯着灌木丛，对我这些明枪冷箭似乎事不关己地冷静。

我再接再厉：

“没教养，就是这个词。要说哪家孩子比这个格罗索普更没教养，好像还真没见过。随便问问他当时的同学怎么概括他这个人，回答一定是没教养。他现在还是一点没变。有句老话说得好：孩子是成人之父。”

她好像没听见。

“孩子，”我不希望她错过这一句，于是重复道，“是成人之父。”

“你说什么？”

“我说格罗索普啊。”

“我以为你说谁的父亲。”

“我说孩子是成人之父。”

“哪个孩子？”

“格罗索普啊。”

“他父亲不在了的。”

“我也没说在啊。我说他是孩子之父——不，是成人之父。”

“什么人？”

我意识到，这场对话进行到此，必须仔细应付，否则就要和稀泥了。

“我是想说，”我说，“小时候的格罗索普，是格罗索普这个成人之父。换个说法，小格罗索普各种讨厌的、遭人白眼的缺点和不足，都体现在成人格罗索普身上，并且让他——我这里指的是成人格罗索普，在螽斯等场所招人嫌弃，沦为笑柄，因为我们俱乐部对会员设有一定标准的要求。随便问问螽斯的各位，他们准会说，格罗索普这家伙混进会员名单的那一天，真是俱乐部的灾难啊。有讨厌他那张脸的；能受得了那张脸的呢，又都受不了他那个人。总之，大家一致同意，这个人粗鲁又招人厌，当初他露出入会的苗头，就应该坚决来一个nolle prosequi，痛快地否决掉。”

说到此处我又停顿片刻，一半是为了缓口气，一半是因为对可怜的大皮说了这些坏话，我感觉像受了苦刑似的。

“有的人，”我硬着头皮，再次迎头赶上这让我反胃的任务，“虽然总是一副衣冠不整的样子，但是性格和善，谈吐文雅，因此很受欢迎。还有的人，虽然又胖又没教养，但是风趣幽默、字字珠玑，所以总是站在胜算这一边的。但是这个格罗索普啊，很遗憾，两边都够不上。除了像树洞里爬出来的东西不说，他可是一流水准的榆木脑袋，这是公认的。没心没肺，不会说话。总之，哪个女孩没考虑清楚就跟他订了婚，最后在危急关头能全身而退，那绝对应该暗自庆幸。”

我再次停顿片刻，斜眼瞟了瞟安吉拉，看看收效如何。我说话期间，她一直默默地望着灌木丛，让我颇感不可思议的是，她到现在还没有摇身变成母老虎扑向我。那可是范例啊。真想不通她怎么还没行动。在我看来，要是母老虎听到我这般侮辱她心爱的公老虎，即使只听了十分之一，她——我是指母老虎——也要闹上房顶了。

但是接下来的事则让我瞬间石化。

“对，”她若有所思地点点头，“你说得很对。”

“呃？”

“我自己也正是这么想的。”

“什么？”

“榆木脑袋。这么说他太恰当了。全英国的六只笨驴里头，肯定有他一个。”

我没作声。我正忙于安定神智，因为它迫切需要一点急救措施。

我是说，这真是大大出乎我的意料。在设想我刚刚执行的这个妙计的过程中，有一个情况不在我的预算范围，那就是安吉拉会对我所表达的感情产生共鸣。我还以为要面对血雨腥风般的情绪爆发。我预想的是怒极而泣啦，发发小姐脾气啦，总之就是这些手段，八九不离十。

但是对我的评论积极响应，是我没有想到的，这给了我一个所谓的“思考余地”。

她进而展开论述，声音放得很开，充满热情，好像特别热爱这个话题似的。吉夫斯肯定知道我想说哪个词儿。好像是“面红耳赤”，我忘了这是不是指脸上起疹子得涂点药膏。总之，如果真是这个词儿，那她论述这个话题时就是这副样子，可怜的大皮啊。要是光听声音，说不定会以为这是宫廷诗人正对哪位东方皇帝诗兴大发，或者以为果丝·粉克–诺透在描述刚到货的一批水螈。

“真好，伯弟，终于有个人看出这个格罗索普的真面目了。妈妈说他是一表人才，真是可笑。人人都看得出，他完全不上路，又自大又固执，老是没完没了地跟人争辩，其实他知道自己就是空口胡说。还有，他又爱抽烟，又能吃，还爱喝酒，而且他头发的颜色我也瞧不上眼。不过再过个一两年也就没什么头发可言了，现在他头顶上都没几根了。要不了多久，他就只剩一个光头，可他光头还怎么能见人。还有，我看他一天到晚都在吃，真让人倒胃口。知道吗，今天凌晨一点钟，我发现他在食品柜那儿，脸埋在牛肉腰子馅饼里大嚼，整张饼都要被他吃光了，而且你也知道他晚饭吃了多少。倒胃口，真的。好了，我不能整个晚上都在这儿说他的事儿，这人根本不值一提，还一点辨别力都没有，连鲨鱼和比目鱼都分不清。我要回去了。”

她撩起抵御寒露的披风，裹在瘦削的肩膀上，然后就快步走开了，留下我独自待在寂静的夜色里。

嗯，其实呢，不能说是独自，因为过了一会儿，面前的灌木丛里一阵动荡，大皮走了出来。

第十五章

我凝神望着他。暮色渐浓，因此，可见度不是很高，不过我还是足以看清他的样子。据眼中所见，我判断，彼此之间最好以坚实的古朴长椅为距离，这样我还比较安心些。于是我站起身，模拟飞窜的松鸡风格，将自己挪到上述物体的另一边。

我灵活敏捷的动作不是没有效果的。大皮好像吓了一跳。他站住了脚，在大概容许一滴汗珠儿由眉梢滑下鼻尖的时间里，默默地盯着我。

“原来如此！”他终于开口了。这完全出乎我的意料，没想到现实中还真有人会说“原来如此”。我一直以为只有书里的人才这么说，好比“天也！”“呜呼！”，甚至是“噫，嗟乎！”

但他的确是这么说的。说老派也好，说奇怪也罢，总之他说了“原来如此”，我必须打起精神应对这个局面。

换作一个不如伯特伦·伍斯特这般敏锐的人，一定注意不到这位亲爱的老朋友有点怒火中烧。他的眼睛里有没有喷火星，这我可不好说，但我认为，他的双眼的确是处于白炽状态。此外，他双手握拳，双耳微颤，下颌肌肉有节奏地转动，好像在咀嚼晚餐。

他头发里挂了不少小树枝，脑袋一边还趴了一只甲虫，要是果丝·粉克-诺透见了一定会感兴趣。但是，我没有对此费神。要不要观察甲虫这个问题，是要看时机的。

“原来如此！”他又重复一遍。

好了，凡是了解伯特伦·伍斯特的人都知道，在危难之中最能见他机智冷静的一面。当年是谁，遥想那个不算多年之前的赛船之夜，被法网罩住又被拖到万安街警局后，电光火石之间报上了尤思坦·H.布林索的大名，金链花家族，家住西达利奇爱林路，从而保住了伍斯特家族的显赫名声，并且免于这个不该出的风头？当年是谁……

其实不需要重点强调了，过去的种种不言自明。三次被逮，没有一次给安对了名号。不信去问鑫斯的同仁们。

因此呢，眼见情势愈加不妙，我没有大脑一片空白，而是保持了“伤不化”[1]。我亮出亲切友好的笑容，暗自希望天色不要太暗，他还能看清，然后用轻快而诚挚的口气说：

“哟，是大皮啊，在啊？”

他说是，他在。

“来了很久吗？”

“没错。”

“那敢情好。我正想找你呢。”

“哼，我这不就在吗。出来，别在长椅后面待着。”

“啊，多谢了，兄弟。这么倚着挺舒服，可以放松放松脊椎。”

1　法语：sang-froid，沉着，字面意为冷血。

“不出两秒钟，”大皮说，“我就要把你的脊椎一脚踢出脑袋。”

我挑起眉毛。当然，因为光线的缘故，收效不是很好，不过有助于整体氛围。

“这话说的，你还是希尔德布兰·格罗索普吗？”我问。

他回答说是，还叫我走到他面前去验证一下，并且他用了一个欠雅观的词。

我再次挑起眉毛。

“得了，得了，大皮，咱们好好说话，别犯冲。是不是叫‘犯冲’？”

“我怎么知道。”他一边回答，一边抬腿要迈过长椅。

我认为必须有话快说。他已经迈过了一米八，不过我也抬腿一跨，继续和他维持着一个长椅的距离，但是谁说得准，这种可喜的情势还能维持多久？

于是我直奔主题。

“我大概猜得到你在想什么，大皮，”我说，“如果我和刚才那位安吉拉说话那会儿你就在灌木丛里，我敢说，我说你的那番话你都听到了。”

“没错。”

“哦。这个，咱们也别探讨什么道德问题了。偷听嘛，就是有些人所谓的，可以想象，有些道学家要倒吸一口冷气，觉得这种行为——大皮我这么说你别往心里去——有辱英国国体。有点有辱英国国体，大皮，好兄弟，这得承认的。”

“我是苏格兰人。”

“真的假的？”我说，“我还真不知道呢。真怪，除非一个人姓里带个‘麦’字，或者总说‘哟吼’，不然还真猜不出对方是苏格兰人呢。有件事，”考虑到对这个比较中立的话题展开学术讨论可能会缓解紧张气氛，我继续说道，“我一直很好奇，你跟我说说，肉馅羊肚里头具体放了什么料？我琢磨很久都没想明白。”

他对问题的回答就是跳过长椅，伸手要抓我，由此我判断，他的心思不在肉馅羊肚上头。

“不过，”我一边说，一边也纵身一跳，“这是次要问题。回头来说主要的。你刚才要是在灌木丛里听到了我说你的那番话——”

他从东边偏北的方向绕过长椅。我紧随其后，将航向定为西边偏南。

“你听到我那么说一定大惑不解。”

“压根没有。”

“真的？从我的语气你没有察觉到异样吗？”

“我就料到你这种奸诈的卑鄙小人会说出这种话。”

“我说好兄弟，”我表示抗议，“你平时不是这样啊，今天反应有点迟钝，啊？我以为你能立刻发现，这都是我计划的一部分。”

“马上就逮到你。”大皮迅速出手想抓我脖子，结果有点站立不稳。他的话极有可能成为现实，因此我不再耽搁，急忙把实情对他和盘托出。

我一边保持脚下的动作，一边语速飞快地描述我接到达丽姑妈的电报时，心情如何沉重，如何立即赶往受灾现场，如何在开车过来的路上冥思苦想，如何最终形成了这个妙计。我发音标准、逻辑清晰，因此，他的回答让我相当担忧。只听他咬着牙说——这更加糟糕——他一个该死的字也不信。

“可是大皮，”我反问，“为什么不信？我觉得这听起来字字不假啊。你的怀疑态度是哪里来的？你说，我听着，大皮。”

他停下脚步，开始喘息。大皮呢——不管安吉拉会如何强烈反驳——其实并不胖。冬天里，球场上常常看到他的身影，还伴随着快活的呼喊，而夏天里，他几乎是网球拍时刻不离手。

但是，在食品柜那场不堪回首的经历之后，他一定是觉得再继续节食也毫无益处，于是在刚刚结束的晚餐中，可谓毫无顾忌地狼吞虎咽；而在阿纳托烹饪的菜肴中完全放任自己，其结果就是，以他这样健壮的体型，在柔韧度上会稍有减损。在我陈述为他谋幸福的计划期间，我们这种丢啊丢啊丢手绢的游戏平添了几分活跃，以至于刚才那几分钟里，我们两个人颇像是为了娱乐大众而上演大号猎犬绕着圈子追赶娇小的电兔子。

追赶的结果是，他似乎有点乏力，对此我也不是不欢迎的。我也觉得有些疲乏，很乐意暂停一下。

“你怎么就不信呢，我真不懂了，”我说，“你也知道，咱们是多年的老朋友了。你肯定了解，除了你那次在蠡斯害我俯冲游泳池，当然这点小事我老早就决定不再挂怀，就让它安静地埋葬在时光里好了，我的意思你懂吧——总之，除了那件事，我对你一直惺惺相惜。不然的话，除了我刚才叙述的目的，我还有什么理由当着安吉拉的面抹黑你？回答我。留神点。”

“你什么意思，叫我留神点？”

这个嘛，其实我也说不上来。想当初我顶着尤思坦·H.布林索的大名（金链花家族）站在被告席的时候，法官就是这么说的。当时就给我留下深刻的印象，而刚才甩出这个词儿，不过是想给对话增添一点语气色彩。

“呃。别管留不留神这句了。回答我就行。要不是心里想着为你好，我有什么理由要讽刺你？”

他一个激灵从脚心打到天灵盖。那只甲虫在我们交锋期间一直牢牢趴在他头上，希望忍忍就能挺过去，但这回它终于放弃，决定走人不干了。只见它张开翅膀，消失在夜色里。

“啊！”我一声感叹，“是你那只甲虫，”我解释道，“你大概不知道，不过你脑袋一边一直趴着一只甲虫之类的东西。刚刚被你甩掉了。”

他哼了一声。

“虫子！”

“不是虫子，是只甲虫。”

“还真是厚脸皮，”大皮一声大吼，并且像果丝的水螈在求偶期那样摇头摆尾，“还好意思说什么甲虫，你心里知道，你就是个奸诈的卑鄙小人。”

当然了，这个问题还有待商榷。凭什么奸诈的卑鄙小人就没有资格谈论甲虫呢？我敢说，一位优秀的盘问律师可以对此大做文章的。

但我没有揪住不放。

“你这是第二次这么说我了。但是，”我坚定地说，“我一定要你给个解释不可。我刚告诉过你，我当着安吉拉痛骂你，完全是出于一片好心和善意。我说你的时候心里有多不好受，完全是念在咱们多年朋友的情分上，这才坚持到最后。结果你说你不信，还对我出言不逊，我觉得完全可以就此把你带上法庭，按中伤的罪名处以罚金。当然啦，我还得先咨询一下律师，不过这要是不足以起诉的话，我可会相当惊讶。大皮，讲讲理。说说看我还有什么别的理由。一个就行。”

“我这就说。你以为我还蒙在鼓里吗？你爱上了安吉拉。”

“什么？”

“你说我坏话，就是为了毒化她的思想，好把我这个路障除掉。”

我这辈子第一次听到这么弱智的想法。见鬼，我跟安吉拉可是打小就认识的。我怎么可能爱上打小就认识的亲戚呢？况且，不是有法律规定说男性不得与表亲通婚吗？是表亲还是祖母来着？

“大皮，你这傻瓜，”我嚷道，“你发什么神经！脑子坏了吧。”

“啊，是吗？”

“我爱上了安吉拉？哈哈哈！”

“别想一句哈哈哈就撇清。她可是叫你‘亲爱的’来着。”

“我知道。而且我很不赞同。年轻女孩见谁都亲爱的，就像喂鸽子似的，这种作风我反对。没规没矩的，就是这个词儿。”

“你还胳肢她的脚腕。”

“纯粹是出于表兄妹之情。没别的意思。见鬼，你要知道，从严格的深层的意义上来讲，就算拿着扫帚我也决不碰安吉拉。”

“喔？为什么？她还配不上你？”

“别误会，”我急忙解释，“我说就算拿着扫帚也决不碰安吉拉，不过就是想表示，我对她的感情完全是不即不离、客客气气的敬意。换句话说，你可以放心，这位小姐和本人之间的情谊，仅仅止于，而且永远不会超越不温不火的平凡友谊。”

“我觉得就是你跟她通风报信，说我昨天晚上去了食品柜，所以她才会抓到我吃馅饼，害我声名扫地。”

“亲爱的大皮！我可是伍斯特！”我震惊不已，“你觉得我们伍斯特会做这种事吗？”

他深深地吸了一口气。

“听着，”他说，“你站在那儿狡辩也没用。事实明摆着。有人在戛纳偷走了她的心。你亲口跟我说，你们两个在戛纳形影不离，她身边没有别人。你还得意洋洋地吹嘘跟她一起游泳，还一起在月光下散步——”

“不是吹嘘，只是提了一下嘛。”

“那你懂了吧，等我把你从这张该死的长椅后面揪出来，我就要把你大卸八块。花园里干吗要摆这么多可恶的长椅？”大皮不满地说，“我真搞不懂。只会碍事儿。”

他住了口，又伸手抓我，这次只差一根头发丝的距离。

此时此刻需要敏捷的思维，也就是在这种情况下，如前所述，伯特伦·伍斯特如鱼得水。我突然想起最近和那巴塞特之间的误会，灵光一闪，知道这事儿终于派上了用场。

“你弄错啦，大皮，”我一边说一边向左边移动，“没错，我是一直跟安吉拉在一起，但我和她的关系从头到尾都是最纯洁、最正直的同志情谊。我有证据。在戛纳逗留期间，我的感情别有所托。”

“什么？”

“我的感情，在逗留期间别有所托。”

这回终于击中了目标。他跨了一半停住了，抓着长椅的双手也垂到了身体两侧。

“是真的？”

“绝对属实。”

“是谁？”

“亲爱的大皮，不好把女士的名字挂在嘴边吧？”

“要是不想脑袋分家，那就快说。”

我明白这是特殊情况。

“玛德琳·巴塞特。”我说。

“谁？”

“玛德琳·巴塞特。”

他好像惊呆了。

“你是说，你爱上了巴塞特那个祸害？”

“巴塞特那个祸害这种话还是不要说，大皮，多不尊重人家。”

“尊重你个头。我只想知道真相。你明明白白地告诉我，你爱上了那个莫名其妙的鬼见愁？”

“我看不出你干吗非得说人家是莫名其妙的鬼见愁。她很迷人、很漂亮的。虽然她想法比较奇特，比如说在星星和兔子上我和她就没什么共同语言，不过总不能说是莫名其妙的鬼见愁。”

“别管了，反正你坚持说你爱上了她？”

“对。”

“我觉得不可信，伍斯特，很不可信。”

我认为，不得已需要添上点睛之笔了。

“你得先答应我，格罗索普，这件事一定要严格保密。索性告诉你吧，就在不到二十四小时前，她一口回绝了我。”

"一口回绝了你？"

"一口酥的一口。就在这个花园里。"

"二十四小时前？"

"算二十五小时吧。这下你明白了吧，就算有这么个人，我也不可能是在戛纳偷走安吉拉的人。"

我又想说就算拿着扫帚也决不碰安吉拉，话到嘴边我想起来，刚才已经说过了，而且预期效果不是很好，于是我就断了这念想。

我的坦诚似乎收获了好成果。大皮双眼中杀人的凶光渐渐熄灭，好像受雇于人的刺客住了手开始思考。

"我懂了，"他终于开了口，"那好吧。对不住，为难你了。"

"没事儿，老伙计。"我彬彬有礼地回答。

自灌木丛里突然跳出格罗索普以来，伯特伦·伍斯特现在才算是可以自由呼吸。我虽然没有从长椅后面走出来，不过至少不靠它了。那种如释重负的感觉，应该可比《旧约》里从烈火之炉里爬出来的三位老兄[1]。我甚至腾出手来，试探地摸了摸香烟匣。

但下一秒，突然一声哼笑传来，害我像被香烟匣咬了一口似的，立刻松开了手指。我很紧张地看到，这位老朋友又恢复了刚才那股狂热。

"你干吗要跟她说我小时候浑身都是墨水？"

"亲爱的大皮——"

"我小时候特别注意个人卫生，跟着了魔似的。你直接在我

1 《旧约·但以理书》第3章，三个犹太人不拜巴比伦王所造的金像被投入火炉，受天使保护毫发无损。

身上吃饭都没问题。”

“是是。不过——”

“还说我没心没肺，我心可多着呢。还有在螽斯里没人搭理我——”

“哎，亲爱的老伙计，我不是都解释过了嘛。那都是我的谋略或者说妙计。”

“啊，是吗？哼，以后拜托你行行好，再要这种烂把戏的时候可别扯上我。”

“都听你的，老朋友。”

“那好了。咱们都说清楚了。”

他又陷入了沉默，插着双臂，目视前方，好像小说里健壮又沉默的主角，刚刚在大小姐那儿碰了一鼻子灰，正考虑要不要顺便爬爬落基山，找两只熊来寻寻晦气。看他一脸怒气，我的同情之心油然而生，于是打算安慰安慰他。

“可能你不懂au picd de la lettre的意思，大皮，不过我认为，你不应该这么看待安吉拉刚才的话。”

他好像来了兴致。

“你说什么鬼话呢？”他问。

我看出必须加以解释。

“她的那些胡说八道，不能望文生义，老朋友。你知道大小姐们的脾气。”

“是啊，”他发出一声哼笑，“真希望从来没见识过就好了。”

“我是说，显然她发现你藏在灌木丛里，所以故意气你。这么说吧，你懂这种心理吗？她看到了你，于是那种小姐脾气一上来，就抓住机会给你个小教训——讲了几条逆耳忠言，我就是这个意思。”

“逆耳忠言？”

“对啊。”

他又一声哼笑，我觉得自己好像是皇亲国戚在接受舰队的二十一响礼炮致敬。以前还从来没遇到过谁这么擅长左哼一声、右哼一声。

“你说逆耳忠言是什么意思？我又不胖。”

“是是。”

“我头发的颜色哪不好了？”

“很正常，大皮，老朋友。我是说头发。”

“而且我头发也不稀疏……你傻笑什么呢？”

“我没傻笑，就是微微地笑。我刚刚在设想你在安吉拉的眼中的形象。中间胖，上边稀疏。很可笑。”

“你觉得很可笑，是不是？”

“没有没有。”

“没有最好。”

“是是。”

在我看来，对话又无以为继了，我但愿能就此了结，而结局正如我所愿。这时候，在静谧的黄昏中，桂树叶子一阵闪烁，我发现安吉拉来了。

她的样子亲切又圣洁，手里端着一盘三明治。是火腿的，这是我后来发现的。

“伯弟，你要是遇见格罗索普先生的话，”她的目光做梦般地停留在大皮的表面上，“就把这盘三明治交给他。只怕他要饿了，真是可怜。现在快十点了，自从吃过晚饭，他还什么都没吃呢。我就放在这张长椅上了。”

她转身撤了，我觉得最好和她一起，反正我留下来也没事做嘛。等我们朝屋子走去的时候，夜幕中传来一阵稀里哗啦，踢碎三明治盘子的声音，还伴随着一个怒气冲冲的男子汉发出的闷声诅咒。

“今晚的夜色多安静、多美好啊。”安吉拉感叹。

第十六章

第二天早上醒来，阳光已经洒满了布林克利庄园，窗外的常春藤里清晰地传来鸟儿的叽喳，又是新的一天了。但是，对于坐在床上呷着醒脑茶的伯特伦·伍斯特来说，灵魂里却没有相应地洒满阳光，心中也没有唱和的叽喳。回顾前一天晚上的经历，令伯特伦不可否认的是，大皮和安吉拉这对似乎多多少少出了点岔子。虽然我力求寻找乌云后的金边，却不由自主地觉得，这两颗傲慢的心灵之间已经划出如此惊人的裂痕，弥合这项任务，可能就连我也力有不逮。

凭我敏锐的观察力，从大皮踢碎那盘火腿三明治的姿态来看，我认为，他不会那么轻易释怀。

在这种情况下，我认为，最好把他们的问题暂时晾到一边，先来集中思考果丝这个比较有希望的问题。

关于果丝呢，是一切准备就绪。吉夫斯对橘子汁掺酒的事儿充满不健康的顾忌，这给我添了不少麻烦，不过秉着咱们伍斯特的一贯作风，我已经排除万难。必要的饮料已经到手，分量充足，现在就躺在梳妆台抽屉中那只酒瓶里。此外，我也打探过，果汁壶会如期装满橘子汁，一点钟左右会摆在管家食品储藏室的架子上。把杯子从架子上取下，偷运进我的屋子，掺好酒，趁午餐前再摆回原位。无疑，这项任务需要点技巧，不过根本算不上艰巨。

抱着奖励乖孩子的心情，我喝完茶，翻了个身，准备睡个回笼觉。这是很重要的，尤其有重任在身，必须保证大脑得到充分休息。

约一个小时之后，我走下楼，暗自庆幸给果丝安排了这个打气计划。他正在草地上，一瞥之下我就看出，要说谁需要来点速效壮胆剂，那就是果丝无疑了。如前所述，大自然一派怡然，唯有奥古斯都·粉克-诺透除外。只见他正绕着圈子，嘴里嘟囔着什么不想过多地占用大家的时间，但在这喜庆之际，不得不讲几句。

“嘿，果丝，”在他开始新一轮绕圈子前，我拦住了他，“真是好天气，是不是？”

即使先前没有发现，从他诅咒好天气的那份唐突中也猜得出，他心情欠佳。我打起精神，开始“果丝重展欢颜”任务。

“有个好消息，果丝。”

他眼中突然放出灼灼的精光。

“斯诺兹伯里集市文法学校被一把火烧光了？”

“那我倒没听说。”

“腮腺炎爆发了？还是学生出麻疹停课了？”

“不是，都不是。”

“那你还说什么有好消息。”

我叫他少安勿躁。

“你别这么紧张，果丝。给学生颁奖这点事儿不值一提，有什么好担心的？”

“不值一提，哈？你知不知道，这些天来我绞尽脑汁，可想来想去也只想出一句话：不占用大家太多时间。我肯定不会占用他们太多时间。该死，我究竟说什么好啊，伯弟？你颁奖的时候都说什么了？”

我考虑了一下。上私立小学的时候，我曾经拿过一个“《圣经》知识奖”，因此我应该有不少内部消息的，可是记忆却一片空白。

这时，迷雾中涌现出一个念头。

“你可以说，跑得快不一定是赢家。”

“为什么？”

“这是句谚语嘛。一般都有人鼓掌。”

“我是问为什么不一定？为什么跑得快不一定是赢家？”

“哦，这可难倒我了，反正智者是这样说的。”

“到底是什么意思？”

“估计是安慰没得奖的孩子吧。”

“那对我有什么用？我又不用担心那些人。我担心的是得奖的人，这帮臭小子是要上台领奖的。要是他们冲我做鬼脸怎么办？”

“不会的。”

“你怎么知道不会？他们想到的第一件事八成就是做鬼脸。而且就算不做——伯弟，有件事我想跟你说。”

“说吧。”

“我正认真考虑要不要听从你的建议喝点酒。”

我不易察觉地笑了。他知之甚少，这句话充分概括了我此刻的想法。

"哦，你没问题的。"

他又焦虑起来。

"你怎么知道我没问题？我有预感，到时候肯定忘词。"

"胡说！"

"或者把奖品给掉了。"

"乱讲！"

"总之就是要出乱子。我打心底里知道。我敢打包票，今天下午一定会出状况，大伙会对我笑掉大牙的。我现在都能听见那笑声，像土狼……伯弟！"

"唉？"

"你记不记得咱们上伊顿以前念的那所小学？"

"当然。我拿'《圣经》知识奖'就是那会儿的事儿。"

"别提你那什么奖了，我又不是说你那个奖。你记不记得'博舍事件'？"

我的确记得。那是我少年时代的一道风景。

"少将威尔弗莱德·博舍爵士来学校颁奖，"果丝用干巴巴平板板的语调说，"他掉了一本书，弯腰去捡，但是在弯腰的一瞬间，裤子后面开线了。"

"可把咱们给乐坏了。"

果丝的面孔扭曲了。

"是啊，真是群小兔崽子。遇到这么尴尬的情况，咱们非但没有保持肃静，表示对这位英雄的同情，反而开心地大吵大闹。我是闹得最欢的。今天下午就轮到我了，伯弟。我当年嘲笑少将威尔弗莱德·博舍爵士，这下遭报应了。"

"别，别这样，果丝，老伙计。你裤子不会开线的。"

“你怎么知道不会开？比我厉害的人都开了。博舍少将得过优秀战功勋章，当年在印度西北前线上立下汗马功劳，人家的裤子还开了呢。我肯定要成为笑柄了，我心里很清楚。可你明明晓得我的下场，还跑过来胡说什么有好消息。现在哪来的好消息？除非是斯诺兹伯里集市文法学校的学生全都感染了黑死病，浑身出疹子在床上躺着。”

我讲话的时候到了。我轻轻地把手搭在他肩膀上。他甩开了。我再次搭上去。他再次甩开。我正要第三次搭上去，结果他向旁边一闪，有点赌气地问我以为自己是讨厌的整骨医生还是怎的。

他的态度很不好对付，但我忍了。我暗暗提醒自己，等吃过午饭果丝就要跟现在判若两人啦。

“我说的好消息，老伙计，指的是玛德琳·巴塞特。”

他眼中的焦灼消失了，取而代之的是无尽的忧伤。

“她那儿不可能有什么好消息。我彻底搞砸了。”

“哪儿的事儿。我确信，只要你瞄准她再来那么一下，保准成事。”

然后我去繁就简，把前一天晚上那巴塞特和本人之间的情况转述了一遍。

“所以呢，你只要定好复出日期，一定能拉到选票。你可是她的梦中情人。”

他摇了摇头。

“不成。”

“什么？”

“没用的。”

“什么意思？”

“试也没用。”

“但是我跟你说，她可是很清楚地说——”

“都不重要了。可能她的确爱过我。但是经过昨天晚上，爱已经死了。”

“那怎么可能。”

“可能。她现在正讨厌我呢。”

“根本没有的事儿。她知道你只是一时紧张。”

“我再试也会紧张。没用的，伯弟。我没救了，到此为止吧。命中注定，我见了鹅也不敢呸。”

“这不是见了鹅呸不呸的问题，跟鹅没有关系。这不过就是——”

“我懂，我都懂。但是没用，我做不来。这事就算结了，我不能让昨天晚上的悲剧重演，我不会冒这个险的。你说得轻松，什么瞄准她再来那么一下，其实你根本不了解。你没有这种经历。本来心里想着要跟心爱的女子求婚，结果一张嘴，说出来的却是刚出生的水螈长着羽毛般的外鳃。这种事决不能有第二次。谢了。我认命了，一切都结束了。好了，伯弟，好兄弟行行好，快走吧。我要准备演讲了。你在旁边瞎搅和我没法准备。要是你坚持在旁边瞎搅和，至少给我点素材。那群小混蛋肯定想听点什么。”

“你听过那个——”

“不好。你别跟我提螽斯俱乐部吸烟室里那些不正经的笑话。我要健康的材料，对他们下辈子有意义的东西。话说他们下辈子怎么样我才懒得关心，我希望他们都噎死。”

“前两天我听到一个笑话。有点记不清了，好像是说有个家伙睡觉打呼噜，吵得邻居不得安宁，最后一句是这样的：‘这是呼噜案，不是葫芦案’。”

他做个了不耐烦的手势。

“你觉着我能把这句用到演讲里，说给各个是打呼噜高手的男学生听？该死，他们全得冲到讲台上来。别烦我了，伯弟，快走开。我就求你这一件事。快走开……女生们先生们，”果丝自言自语似的压低声音说，“我不会过多占用这个喜庆的场合……”

满腹思绪的伍斯特走开了，留下他继续准备。我暗自表扬自己的超前意识，已经把一切安排好，只要按下按钮，一切就能如常运作了。

到目前为止，我心里还抱着一丝希望，觉得只要把那巴塞特的精神状态告诉他知道，他就能顺其自然地鼓足勇气，到时候就不需要人工壮胆剂了。我这样想是因为，不消多说，除非情况万不得已，否则谁也不想拖着一堆橘子汁壶在乡下庄园里跑来跑去。

但是如今我认识到，必须依计行事。在上述的对话交流中，他浑身上下看不见一点活力劲头和良好的精神面貌，这使我确信，只能采取最强硬的手段。因此，一从他身边走开，我就直奔食品储藏室，一直等到管家起身离开，然后蹑手蹑脚地走进去，取得了这个性命攸关的果汁壶。一会儿工夫以后，我小心谨慎地走过楼梯，回到了房间。一望之下我就看到了吉夫斯，他正优哉游哉地摆弄裤子。

他看了一眼果汁壶——后来证明我诊断有误——目光充满苛

责。我微微挺起胸膛。我不要听他胡说八道。

“有事儿吗，吉夫斯？”

“少爷？”

“看你的样子是有意见，吉夫斯。”

“哦，不是，少爷。我注意到少爷拿到了粉克-诺透先生的果汁。我刚才只是想说，私以为在其中加入酒精饮料不甚明智。”

“这不就是意见？吉夫斯，而且我就是打算——”

“因为我已经料理过这个问题了，少爷。”

“什么？”

“是，少爷。我最终决定遵从少爷的意愿。”

我看着他，呆若木鸡。我感到深深的震撼。我是说，要是你相信古老的忠仆精神已经消亡了，又突然发现其实没有，你难道不会感到深深的震撼吗？

“吉夫斯，”我说，“我很受感动。”

“谢谢少爷。”

“感动，而且满足。”

“非常谢谢少爷。”

“你怎么会改变主意的？”

“我碰巧在花园里见到了粉克-诺透先生，当时少爷还未起床。我们短短地交谈了几句。”

“于是你认为得想办法让他振作起来？”

“的确如此，少爷。从他的表现，我想到了失败主义者。”

我点点头。

“我也有同感。‘失败主义者’这个词形容他最恰当不过。你是不是跟他说，从他的表现，你想到了失败主义者？”

“是，少爷。”

“但是没起什么作用？”

“没有，少爷。”

“那好，吉夫斯。咱们行动。你往果汁壶里兑了多少杜松子酒？”

“满满一杯的量，少爷。”

“这是对付成年失败主义者的正常剂量，你是这么想的？”

“我猜测这个分量足以成事，少爷。”

“说不好。咱们可不能因为舍不得孩子就把狼给放了。我想我还得再往里加一盎司左右。”

“我不建议如此，少爷。还记得布兰克斯特勋爵的鹦鹉——”

“你老毛病又犯了，吉夫斯，怎么还把果丝当鹦鹉呢。要消灭这种思想。这一盎司我加了。”

“遵命，少爷。”

“对了，吉夫斯，粉克-诺透先生正在四处打探益智又健康的素材用到演讲里。你有什么建议吗？”

“我知道一个故事，讲两个爱尔兰人，少爷。”

“派特和麦克？”

“是，少爷。”

“他们走在大马路上？”

“是，少爷。”

“他肯定用得上。还有别的吗？”

“没有了，少爷。”

“那好吧，有点儿是点儿。你快去讲给他听吧。”

“遵命，少爷。”

他走后，我拧开酒瓶，对着果汁壶口毫不吝啬地注入了少量液体。刚刚完成任务，就听到外面传来一阵脚步声。匆忙之间我只好把果汁壶往壁炉架上汤姆叔叔的照片后面一塞，刚藏好，门就开了，只见果丝走了进来。他像马戏团里的马一样欢脱。

“哎哟，伯弟，”他说，“哎哟哎哟哎哟，还有哎哟。世界真美好啊，伯弟。这是我见过的最美妙的世界啦。”

我盯着他，说不出话来。咱们伍斯特向来迅捷如闪电，我立刻看出，他有点变化。

我之前讲过他绕圈子的情况，也记录了我们在草坪上的对话。要是我的叙述本领足够到家，那么这位粉克-诺透给大家留下的印象，就该是一副紧张兮兮的样子，膝盖打战、脸色发青，在胆怯畏惧的作用下焦躁不安地摆弄衣服的翻领。一言以概之，失败主义者。总之，在那次会面中，果丝身上的所有记号都表明，他已经化成一摊蛋奶冻。

但是现如今，我面前的果丝发生了翻天覆地的变化。这家伙仿佛每个毛孔都散发着自信。他脸色红润，眼中闪着喜悦的光，合不拢的嘴边挂着神气活现的微笑。他大手一挥在我背上捶了一拳，我来不及躲闪，感觉像被骡子踹了一脚。

“哎呀，伯弟，”他像只无忧无虑的红雀一样快活，“你高兴吧，我承认你说得没错。实验证明，你的理论是对的。我觉得自己像只斗鸡。”

我的神志归位了。我明白了。

“你是不是喝酒了？”

“对。听从了你的建议。那玩意儿真难喝，跟药似的。喉咙火辣辣的，而且还让人渴得厉害。像你还把喝酒当享受，这我就没法理解了。不过，我决不否认，确实让人精神焕发。我能咬死一只老虎。”

“你喝的是什么？”

“威士忌。反正酒壶标签上是这么写的。而且我也没有理由怀疑，像你姑妈这样的夫人——赤胆忠心的传统英国人——会故意欺骗外人。她酒壶标签上写着威士忌，那我想咱们就不会弄错。”

“威士忌兑苏打，哎？这最好不过。”

“苏打？”果丝若有所思地重复，“我就觉着好像忘了点儿什么。”

“你难道没兑苏打？”

“我当时没想到嘛。我偷偷走进餐厅，直接对着酒壶喝了几口。”

“几口？”

“啊，大概有十口吧。可能有十二口，或者十四口。就当是十六口吧，中等大小的。哎，我好渴啊。”

他走到洗脸架旁边，拿着水瓶大口大口地喝起来。我偷偷向他背后汤姆叔叔的照片瞧了一眼。这是我有史以来第一次体会到，这张大号照片原来也有好处。秘密被藏得很好。要是果丝看见了这壶橘子汁，保准像把利剑一样扑上去。

“嗯，你觉得精神焕发，我很高兴。”我说。

他意气风发地从洗脸架旁移动到我身边，打算再往我背上捶一拳，但是因为我脚法敏捷，他扑了个空，跌向床边，顺势坐下了。

“精神焕发？我是不是说能咬死一只老虎？”

“说了。”

“算两只好了。铁门我都能咬穿。刚才在花园里，你一定把我当笨蛋了吧。我现在懂了，你那会儿肯定背着我笑破肚皮了。”

“没有没有。”

“就有，就是那个肚皮，”他指着我说，“但我不怪你。在乡下的小破文法学校颁个奖这点事儿，我怎么就弄得小题大做，我自己也想不明白。你能想明白吗？”

“不能。”

“可不是。我也想不明白。根本不值一提。我只要爬上讲台，随便来两句感言，把奖品发给那些小鬼，再跳下讲台，成为大家的偶像。从头到尾哪有裤子开线什么事儿。我就不懂了，大家裤子干吗要开线？想不明白。你能想明白吗？”

“不能。”

“我也想不明白。我肯定火。我知道怎么做——简简单单的，充满男子气概，积极向上的，我张口就来。就是我这张口，”果丝指了指自己，“今天早晨紧张成那样，我真想不明白。颁几本小破书给几个脏兮兮的臭小子，还有什么更轻松的活儿，我想不明白。总之，我想不明白怎么有点紧张，不过现在我感觉很好，伯弟，很好很好很好。我这么跟你说，因为咱们是老朋友。没错，咱们两个，老伙计，等烟消雾散、真相大白了以后，就是老朋友。我还真没有更老的老朋友了。咱们什么时候开始成为老朋友的，伯弟？”

“啊，很多很多年前了。”

“瞧啊！当然了，咱们也曾经是新朋友的……咦，是午饭的锣声。来吧，老朋友。”

他从床上一跃而起，像马戏团的跳蚤[1]，夺门而出。

我一边跟在后面，一边想心事。当然了，这种情况可谓是意外之喜。我是说，我一直想让粉克-诺透振作起来，的确，我的各种计划都是以振作粉克-诺透为目的和终点。但是，我不由自主地想，这个攀着扶手滑下楼梯的粉克-诺透，是否有点过于振作了。在我看来，以他的状态，难保不在午饭期间把面包扔得满天飞。

不过，值得庆幸的是，坐在他旁边的人都神色庄重，这对他产生了一定的约束作用。在这种情形下嬉闹，他这个醉汉还远远不够级别。我之前跟那巴塞特说过，布林克利庄园有人在心痛，现在看来，估计很快就要有人肚子疼了。我得知，阿纳托情绪低落，卧床休息去了，因此我们面前的饭菜是厨娘准备的——她挥舞平底锅的技术，也就能给个勉强及格。

此外，由于各怀各的烦恼，因此这一桌人不约而同地保持了安静——可以说是肃静，似乎连果丝也无力打破。因此，除了他那边哼了短短一段小曲儿，并没有出现什么意外。很快，我们吃完各自起身，达丽姑妈指示大家换上喜庆的行装，在下午三点三十分之前务必赶到斯诺兹伯里集市。时间充裕，我还可以到湖边的树荫下抽一两根烟。我于是依计行事，回到卧房的时候，大约是三点钟。

吉夫斯正在忙活，一丝不苟地把礼帽打点到完美无缺，我正

1 跳蚤马戏团在英国一度是嘉年华上的重要表演。

要向他报告果丝事件的最新进展，他却先发制人，称此人兴致勃勃地造访了伍斯特卧房并刚刚离开。

“我来给少爷准备衣服，看到粉克–诺透先生坐在屋子里。”

“是吗，吉夫斯？果丝在屋里坐着是吗？”

“是，少爷。他刚离开不久。他会同特拉弗斯老爷夫人一起乘较大的那辆车前往学校。”

“你有没有给他讲两个爱尔兰人的故事？”

“讲了，少爷。他放声大笑。”

“那好。你还有别的建议给他吗？”

“我冒昧提出，或许可以向年轻的少爷们提这一句：教育是启发，不是灌输。已故的布兰克斯特勋爵钟爱颁奖，他总会引用这句格言。”

“果丝有什么反应？”

“他放声大笑，少爷。”

“你一定很惊讶吧？我是说，他这种欢畅可以说是停不下来啊。”

“是，少爷。”

“你心下奇怪，因为自从上次见面，他还是甲等的失败主义者呢。”

“是，少爷。”

“这其中是有理由的，吉夫斯。从你上次见到他以后，果丝他跑去花天酒地了。现在他是酩酊大醉啊。”

“果然如此，少爷？”

“千真万确。他压力太大，发了神经，于是偷偷跑进餐厅，像个吸尘器似的一阵猛灌。他往水箱里灌的貌似是威士忌。我琢磨他把酒壶都差不多喝光了。哎呀，吉夫斯，他之后没再喝掺酒的橘子汁，可以算是走运了，你说呢？”

“极其走运，少爷。”

我瞧了一眼果汁壶。汤姆叔叔的照片掉到了炉围上面，而果汁壶就明晃晃地暴露在那儿，果丝不可能看不见的。所幸壶是空的。

“多亏少爷卓越的辨别力——恕我冒昧地说一句——处理了橘子汁。”

我瞪着他。

“什么？难道不是你？”

“不是，少爷。”

“吉夫斯，咱们得把话讲清楚。把那壶橘子汁倒掉的人不是你？”

“不是，少爷。我走进房间，看到容器是空的，便以为是少爷。”

我们面面相觑。两个头脑想着同一个念头。

“我只怕，少爷——”

“我也是，吉夫斯。”

“似乎可以肯定——”

“相当肯定。想想前因后果。拿证据说话。果汁壶就摆在壁炉上，谁看不见啊。果丝一直说口渴。你见到他在屋子里，放声大笑。我认为，可以毫无疑问地说，吉夫斯，壶里的全部液体此刻正稳稳地消化在他熊熊燃烧的腹腔内，堆在既有货物之上。糟糕了，吉夫斯。”

“非常糟糕。”

“咱们面对现实，得保持镇定。你往果汁壶里倒的是——一杯的量？”

“满满一杯，少爷。”

“我也加了差不多同样的量。”

“是，少爷。”

“那么闲话少说，果丝体内澎湃着这么多内容，又马上要到斯诺兹伯里集市文法学校颁奖，而在座的观众可都是本郡最精明、最有教养的先生太太们。”

“是，少爷。”

“依我看，吉夫斯，这场面大概会有不少看点。”

“是，少爷。”

“你觉得，最终会有什么结果？”

“现在还难以妄下定论，少爷。”

“你是说，大脑卡壳了？”

“是，少爷。”

我检验了一下大脑。他说得没错。的确卡壳了。

第十七章

“不过吉夫斯，”我握着方向盘，若有所思地说，“万事都有光明的一面。”

这已经是二十分钟以后。我开车到大门口接上这个老实人，然后赶往风景如画的斯诺兹伯里集市。自我们兵分两路之后——他回屋取帽子，而我则留在卧室里穿戴整齐——我就一直在苦苦思索。

我把思索结果陈述给他听。

“不管前景多么惨淡，吉夫斯，不管乌云如何压顶，善于发现的眼睛总能捕捉到幸运的青鸟。诚然，情况不妙。再过十分钟，果丝这个大醉鬼就要去颁奖了，但是咱们决不能忘记，事情总是有两面的。”

“少爷是说——”

“正是。我想的是他的求偶能力。他可正处于罕见的求婚状态。他要是没有摇身变成穴居人，我会相当惊讶的。你看过詹姆斯·卡格尼[1]的电影吧？”

---

1 James Cagney（1899—1986），美国演员，作品有《人民公敌》（1931）。

“是，少爷。”

“差不多像他那样的。”

我听见一声轻咳，于是用余光瞟了他一眼。只见他摆的正是有情况汇报的表情。

“少爷还没有听说？”

“呃？”

“少爷有所不知。粉克-诺透先生和巴塞特小姐已经订了婚，并且将择日完婚。”

“什么？”

“是，少爷。”

“这是什么时候的事儿？”

“就在粉克-诺透先生从少爷房间离开不久以后。”

“哦！是后橘子汁时代咯？”

“是，少爷。”

“你确定信息没错？你是怎么知道的？”

“是粉克-诺透先生亲自向我透露的，少爷。他似乎急于向我交代。虽然他讲话有些前言不搭后语，不过主旨不难掌握。他首先指出世界真美好，并放声大笑，之后宣布自己正式订婚了。”

“没详细介绍吗？”

“没有，少爷。”

“但是不难猜想。”

“是，少爷。”

“我是说，大脑不会卡壳。”

“不会，少爷。”

果然没有。我可以清楚地看到事情经过。一个平日里饮食清淡的绅士，给他注入一剂混合酒精，他就势不可挡了。他不再坐立不安、手足无措、张口结舌，而是成了行动派。果丝一定是奔到那巴塞特面前，将她一把揽在怀中，像装卸工对付一袋煤球。对一个天性浪漫的姑娘，这个举动会造成什么效果，也是可想而知的。

"啧啧啧，吉夫斯。"

"是，少爷。"

"这个消息太棒了。"

"是，少爷。"

"这下你知道我多英明了吧。"

"是，少爷。"

"看我处理这案子，一定让你大开眼界。"

"是，少爷。"

"简单直接的办法，从来不会出错。

但弄巧成拙就不行了。"

"是，少爷。"

"那行啦，吉夫斯。"

我们这会儿抵达了斯诺兹伯里集市文法学校。我停了车，走进校门，心中洋溢着满足。诚然，大皮和安吉拉的问题仍然悬而未解，达丽姑妈那五百英镑也还是遥不可及，但是果丝烦恼不再，想到这一点就让人快慰。

斯诺兹伯里集市的文法学校，据悉约建于一四一六年，和许多类似的古老建筑一样，在即将举办盛会的礼堂里，似乎依然弥漫着几百年来积聚的闷浊。正值盛夏，虽然有人试探性地开了一两扇窗，但总体气氛还是独具特色，充满个人魅力。

在这间礼堂中，斯诺兹伯里集市的少年们每天聚在一起吃午餐，一吃就是五百年，因此那味道挥之不去。空气沉闷而慵懒，大家明白我的意思吧，混合着英国青少年和煮牛肉胡萝卜的气味。达丽姑妈和一群当地头面人物坐在第二排，看见我便招手，示意我加入他们的行列。但是我有自知之明。我挤进后面的站票席，背后紧挨着的那位老兄，从他散发的体香推测，是个卖谷子的。遇到这种场合，最好的策略就是离出口越近越好。

礼堂里一派喜庆，挂着国旗和彩纸，此外，让人眼前一亮的还有男生和家长混坐的场面。前者大多流于亮闪闪的面孔和伊顿领，而后者呢，望之一片黑色缎面，那就是女士，而如果看上去是一副衣服太紧的表情，那就是男士。不一会儿，一阵掌声响起——寥落的，后来听吉夫斯这么说——我看见果丝由一个穿礼袍的大胡子引领，走到讲台中间的椅子前面。

坦白说，看着台上的他，伯特伦·伍斯特浑身上下一个激灵，要不是上帝恩典……看到这幅场景，在女校做演讲的那一幕不由得清晰地浮现在脑海中。

当然了，撇开个人情绪，可以说虽然这两种情况的可怕程度类似，但其实根本不能相提并论：近乎人类的观众，对比背后垂着麻花辫的一窝小姑娘。不得不承认，这么说有理。尽管如此，两者如此相似，我感觉正眼睁睁地目睹老朋友蜷缩在木桶里冲下尼亚加拉瀑布，再一想到我万幸保住一条命，顿时眼前一黑，视线一片模糊。

等我恢复了视觉，发现果丝已经落座，只见他双手放在膝盖上，手肘呈直角，好像老派的黑人歌手准备问骨头先生鸡为什么过马路。他目视前方，脸上僵着一个笑，好像久经冲刷的卵石滩。我觉得谁都看得出，坐在讲台上的这位先生体内老好的黄汤正汹涌澎湃地冲击他的门牙背呢。

的确，我看到久经狩猎庆功宴、熟悉征兆的达丽姑妈吃了一惊，正用关切的目光久久地注视他。她刚要跟坐在左边的汤姆叔叔说什么，这时那个大胡子走到舞台前方，开始讲话了。他说话时嘴里像含了个烫土豆，但是台边一等座的学生们却没有报以咂舌声，由此我判断，这定是校长无疑。

他走到聚光灯下，一种汗津津的乖巧似乎在观众间传播开来。个人而言，我舒服地偎依着那卖谷子的，任凭思绪飘散。校长开始宣讲学校过去一学期的成绩，颁奖活动的这一部分通常都会让前来走访的异乡人兴味索然。大家应该都有体会。比如听到布鲁斯同学荣获剑桥大学猫学院古典文学奖学金什么的，心里总觉得跟这人不熟，就搞不太明白哪里好笑。同理，还有布雷特同学获得伯明翰兽医大学简·威克斯夫人奖学金。

事实上，我和那卖谷子的——我看他样子有些疲惫，可能是卖了一早上谷子吧——都开始打瞌睡，这时候情况突然有了转机，果丝第一次走近镜头。

“今天，”大胡子说，“很荣幸我们能请到下午的嘉宾，粉丝-诺绣——”

大胡子开始讲话的时候，果丝一直张着嘴，沉浸在白日梦的状态。等进行到一半，些许生命的迹象开始在他身上复苏。刚才那几分钟里，他一直想把腿架到另一条上去，但是不断失败，又不断尝试和失败。现在他终于活过来了。只见他猛地坐起身子。

“粉克-诺透。”他睁开眼睛说。

“粉丝-诺透。”

“粉克-诺透。”

“我应该说，是粉克-诺透。”

“当然应该，你个笨蛋，”果丝亲切地说，“行了，继续吧。”

他闭上眼睛，又开始架腿。

看得出，这一点不和谐让大胡子乱了方寸。他站在那里犹豫地摆弄了一阵大草原，不过，校长这种生物都是钢筋铁骨练就的。软弱很快消失，他恢复了本色，继续发言。

“刚才说到，很荣幸，我们能请到下午的嘉宾，粉克-诺透先生，在百忙之中，抽出时间来为我们颁奖。同学们知道，这项任务，本来应该由我们敬爱的董事会成员、威廉·普罗莫牧师承担。我也相信，我们都非常遗憾，牧师因身体抱恙，今天不能出席。不过，说一句同学们都耳熟能详的老话——借用同学们都熟记于心的一句老话——失之秋千，收之跷跷板。”

他顿了一顿，亮出灿烂的笑容，表示自己在开玩笑。我可以告诉他，完全不见效果。谁也没笑。卖谷子的凑近我，喃喃地问：“什么什么？”仅此而已。

等着大家发笑，结果谁也没听懂，这种情况总是比较难堪的。大胡子明显很不安。其实我觉得这样收场也凑合了，但很不幸，他偏偏又要扯上果丝。

“换句话说，虽然我们少了普罗莫先生，但是我们请来了粉克-诺透先生。我相信，粉克-诺透先生的大名，不需要我介绍。我敢说，这个名字对同学们都不陌生。”

“对你可不是。”果丝说。

之后的一幕，让我明白了吉夫斯所形容的“放声大笑”的含义。放声大笑可谓是“魔语斯特”[1]。听上去像煤气爆炸。

“你就不熟悉嘛，是不是？”果丝接着说。貌似说到“不是”他又联想到了“粉丝”，于是他重复了不下十六次，声调越来越高昂。

“粉丝粉丝粉丝，”他下了结论，“行啦，继续吧。”

但是大胡子弹尽粮绝了。他站在那儿，一副终于被打败了的样子。经过仔细观察，我断定他正面对着一个十字路口。他在想什么我一清二楚，就好像他对我倾诉过似的。他很想一屁股坐下，表示一切到此为止，但是转念一想，果真这样做的话，他要么把倾吐的机会让给果丝，要么就当果丝演讲完毕，直接进入颁奖环节。

当然了，想当机立断是相当困难的。前两天我在报纸读到，有几个老兄正打算分裂原子，要命的是，原子分裂了以后会出什么状况，他们可是满脑袋雾水。可能出不了大事。但也可能就真出了大事。无疑，要是那位仁兄分着分着突然发现房子烧着了，自己给炸成四块儿，那他可得后悔得想死。

咱们继续说大胡子。他对果丝的情况是否获得了内部消息，我不得而知，但很显然，事已至此，他知道遇到了一个烫手山芋。适才溜了两圈，已经展现出果丝我行我素的特点。依照刚才那两句插嘴的情形，独具慧眼的人足以看出，坐在讲台中央的这位先生对这场狂欢跃跃欲试，真要是做起演讲，指不定做出什么前无古人的动作来。

但是话说回来，要是把他拴起来，蒙上一块绿色的粗呢子

1　法语：mot juste，意为贴切的词。

布，那结果如何？仪式就要提前半小时结束了。

刚才说过，这个难题不好解决，要是靠大胡子一个人作决断，真说不好他会选择如何收场。私以为，他大概会选择保守的办法。但实际情况却已经不受他的掌控了。这时候，果丝伸了个懒腰打了个哈欠，又绽放出鹅卵石般的笑容，然后向讲台边缘走去。

“讲话。”他彬彬有礼地说。

然后他把两只大拇指插进西装背心的袖窿里，等着掌声平息下来。

这个过程有些漫长，因为果丝赢得的掌声有点经久不息。我想，对斯诺兹伯里集市文法学校的学生们来说，遇见一位管校长叫笨蛋这么有公德心的人，这机会可不多见，因此，他们表示起欢迎来都毫不含糊。果丝虽然醉得七歪八倒，但是在大部分在座的观众眼里，他是叱咤风云。

“同学们，”果丝说，“我是说女士们、先生们、同学们，我不想占用太多时间，但此刻我不得不说几句喜庆的话。女士们先生们学生们——我们大家都饶有兴趣地听了这位没刮胡子的朋友刚才的讲话——我不知道他叫什么，反正他也不知道我叫什么——粉丝-诺绣，哼，真是可笑——所以我们算是扯平了——很遗憾，那个谁牧师因为打呼噜要死了，但是，逝者如斯夫，凡有血气的尽都如草，什么什么，不过我想说的不是这个。我想说的是——而且我坚信——不怕有人反驳——总之，我要说，很荣幸在这个喜庆的场合来到这里，很高兴百忙之中来给同学们颁奖，奖品就是桌子上摆的那些精美的书。莎士比亚有言道，书里自有文章，溪水中自有石头，呃，好像说反了[1]，总之，我的意思说完了。”

讲得不错，我并不惊讶。虽然没有完全听懂，但是谁都看得出来，里面很有些深刻的内容。我所诧异的是，果丝才经过一个疗程，就从一个张口结舌的呆木头变成了侃侃而谈的演说家。

由此可见，议员们说得不错。想要出口成章，那绝对少不了杯中物，不到眼神儿发直，不可能控制局面。

“先生们，”果丝说，“不，是女士们先生们，当然还有同学们。世界多美好啊。在这个美好的世界中，到处都是喜悦和幸福。我来讲个小故事吧。有两个爱尔兰人，派特和麦克，走在大马路上。其中一个说，额的神，跑得快不一定是赢家。另一个回答，哟，额的神在上，教育是启迪，不是灌输。”

不得不说，这是我听过的最烂的故事，我心里奇怪，吉夫斯居然觉得可以把它当作演讲素材。不过，过后经过质问，他回答说，果丝对情节进行了大幅删改，我敢说这就是原因了。

无论如何，这就是果丝的“空德”[2]，如果我说引起了不少笑声，大家就该明白，他如何已经成了最受喜爱的嘉宾。大概讲台上有一两个大胡子外加第二排的少数观众正暗暗希望这位嘉宾能赶快做结语重新落座，但除此以外，观众总体上都全力支持他。

一阵掌声响起，还有人喊：“说得好！”

“没错，”果丝说，“世界多美好啊。天空碧蓝，鸟儿在歌唱，到处充满希望。有何不可呢，同学们女士们先生们，我高

---

1 出自《皆大欢喜》第二幕第一场，原文“溪中的流水便是大好的文章，一石之微，也暗寓着教训”（朱生豪译）。

2 法语：Conte，意为故事。

兴，你们高兴，我们大家都高兴，就连大马路上最刻薄的那个爱尔兰人也是。当然了，我刚才说是两个爱尔兰人，派特和麦克，一个启，一个灌。同学们，我希望大家一起跟我来，为这个美好的世界三呼万岁。开始。”

不一会儿，等尘埃落定，天花板上的灰泥掉完，果丝又开始了。

“有人说这个世界不美好，他们根本就是胡说。今天坐车来百忙之中颁奖的时候，我很不情愿地就这一点教训了我的东道主，汤姆·特拉弗斯老先生。他就坐在第二排，旁边是位穿米色衣服的大块头女士。”

他好心指明了方向，于是约有一百名斯诺兹伯里集市的居民扭着脖子目睹了汤姆叔叔窘得通红的脸。

“我狠狠地教训了他一顿，可怜的老人家。他表示当今世界可悲可叹。我说，‘别胡说，汤姆·特拉弗斯老先生。’‘我很少胡说。’他回答。‘那对于一个胡说新手来说，你表现得可不赖。’我想大家都同意，同学们女士们先生们，我这是给了他一个教训。”

观众似乎都表示认可。他的观点大受欢迎，刚才喊“说得好”的那位又在喊“说得好”，而我那卖谷子的老兄则用手里的大号手杖猛力敲击地面。

“好了，同学们，”果丝一拉袖子，傻笑着说，“下半学期结束了，相信很多人即将离开校园。我不怪你们，这里的确有一股寒气，像把剪刀似的。你们即将步入美丽的新世界，很快就有许多人走上大马路。我希望你们记住，无论呼噜多么严重，一定要用尽浑身解数，不能让自己染上悲观主义，像汤姆·特拉弗斯老先生那样胡说。他就是坐在第二排，长得像海象的那位。”

他住了口，好让那些刚才没看够的人再加深一下对汤姆叔叔的印象。我则有些困惑地默默沉思。和螽斯俱乐部的诸位成员相交已久，我对于过量引用灵泉而引发的各种表现方式可谓谙熟于心，但是果丝这种状态，还是生平第一次见。

他有股劲儿，是我生平所未见，就连除夕夜的八爷·丰吉–菲普斯也比不上。

事后我和吉夫斯谈起，他说这是抑制现象——要是我没听错的话，属于“一高”[1]——我觉得他是这么说的——的压抑。据我理解，他的意思是说，因为果丝连续五年都围着水螈过着清白的生活，所以他的傻气不能平均地分散到这五年里，反而积聚起来，这次一齐发作，同时冒出水面——也许可以说，像海啸。

这种说法好像有道理。吉夫斯一向很懂。

无论如何，总之我是暗暗高兴，多亏自己英明，和第二排保持了距离。虽然混在站票席的无产阶级大众中间可能有损伍斯特的面子，但是我认为，至少远离了危险区。此刻果丝已经彻底上了道，要是让他看到了我，说不准就要拿老校友开刀。

“要说这世界上有什么事儿我看不惯，”果丝又开始了，“那就是悲观主义者。同学们，要作乐观主义者。大家都知道乐观主义者和悲观主义者的区别。乐观主义者就是——呃，就拿走在大马路上的那两个爱尔兰人来说吧。一个是乐观主义者，一个是悲观主义者，一个叫派特，一个叫麦克……咦，嗨，伯弟，你也在啊？”

1 Ego，自我。

太迟了——我想隐遁到卖谷子的老兄身后，但哪里还有什么卖谷子的。可能是突然想起跟人有约——大概是答应太太回家喝下午茶——他悄悄溜走了，那时我的注意力正用在别处，导致我现在暴露在众目睽睽之下。

果丝很不友好地用手指着我。而在我们两人中间，一堆写着感兴趣的脸在盯着我。

“瞧，这个人，”果丝放开嗓门，还在指着我，“就是一个活生生的例子。同学们女士们先生们，快仔细瞧瞧后排那个活宝——穿着燕尾服、入时的裤子、素净的灰领带、纽孔里别着康乃馨——错不了。他就是伯弟·伍斯特，不屈不挠的悲观主义者。我要说，我瞧不起这个人。我为什么瞧不起他？原因是，同学们女士们先生们，他是悲观主义者。他总是一副失败主义的态度。我跟他说今天下午要来给大家演讲，他还劝我不要来。大家知不知道他是怎么劝的？他说，我的裤子后面会开线的。”

这句话引起的欢呼是目前为止最响亮的。裤子开线这种话题，听在斯诺兹伯里集市文法学校诸位年少的学生耳朵里，可谓是深深打动了他们纯洁的心灵。坐在我前面的两个学生脸涨得发紫，他们旁边那个满脸雀斑的小个子还向我索要签名。

“我给大家说说伯弟·伍斯特的事迹。”

伍斯特虽然向来忍让，但是有人在大庭广众之下散播自己的谣言，这种事决不能忍。我轻轻拔起脚，正要悄无声息地向出口挺进，这时，大胡子终于决定给这一幕收场了。

他为什么等到现在，我可想不通。大概是被震慑住了。而且在讲话人深得人心的时候，比如果丝这种情况，想插进来也很不容易。等意识到又要听果丝讲趣闻，他总算下了决心。

他站起身，我想起那天黄昏我和大皮那场苦情戏开场时我从长椅上站起身的场面。只见他一步跨到桌子前，抓起一本书，逼近讲话人。

他碰了碰果丝的胳膊，果丝猛一转头，看到一个满脸胡子的壮汉一副要拿书砸他脑袋的样子，出于自保，向后一跃。

“由于时间有限，粉克-诺透先生，我们是不是——”

“哦，啊。”果丝这才醒悟，他放松下来，“发奖，嗯？当然。行啦。没错，不如开始吧。这是什么奖？”

“默写和听写——珀维斯同学。”大胡子宣布。

“默写和听写——珀维斯同学。”果丝跟着重复，好像要教训人的样子，“过来，珀维斯同学。”

既然险情已过，我认为再无必要执行刚才的策略性撤退。除非万不得已，不然我还真舍不得走。我跟吉夫斯说过，这场狂欢会有不少看点，果然是有不少看点。果丝的体验派表演很精彩，让人不愿错过这场好戏，当然前提是不涉及影射私人的内容。因此我决定还是留下来。不一会儿，只听一阵悦耳的嘎吱作响，珀维斯同学爬上了讲台。

默写和听写冠军穿着嘎吱作响的皮鞋，身高一米左右，粉红的脸蛋，浅黄的头发。果丝摸了摸他的脑袋，似乎一见之下就对这个小家伙产生了好感。

“你是珀维斯同学？”

“老师，是，老师。”

“世界很美好，珀维斯同学。”

“老师，是，老师。”

“啊，你发现了，是不是？好样的。你结婚了吗？”

“老师，没有，老师。”

“结婚吧，珀维斯同学，”果丝热切地说，“这样才叫生活……哦，给你的书。瞧这书名我觉得内容很无聊，不过没得选，拿着吧。”

珀维斯同学嘎吱作响地爬下讲台，下面响起寥落的掌声，不过不难发现，寥落过后，是一阵压抑的沉默。很显然，果丝在斯诺兹伯里集市的学者界引发了新看法。家长们面面相觑。大胡子一副大难临头的样子。至于达丽姑妈，她的姿态显然是说到此为止再无疑问，裁决已定。我见她对右手边的那巴塞特说了些什么，那巴塞特忧伤地点点头，好像马上要落泪的仙子，银河又要添一颗星星了。

而果丝这边，珀维斯同学下台后，他就陷入了白日梦状态，张着嘴，双手插在口袋里。等他悚然发现身边站了一个穿灯笼裤的小胖子，不由一惊。

“哎哟，”他明显受了震动，“你是谁？”

“这位同学，”大胡子说，“是斯麦瑟斯特。”

“他怎么上来了？”果丝觉得很可疑。

“他来领绘画奖，粉克-诺透先生。”

果丝显然觉得这个解释很合理。他脸上的疑云散开了。

“对，没错，”他说，“好，给你吧，神气鬼。要走了？”眼见对方准备撤退，果丝连忙叫住。

“老师，是，老师。”

“等一会儿，斯麦瑟斯特同学。别急着走，我还有个问题要问你。”

但是大胡子现在的使命似乎是加快仪式的进程。他把斯麦瑟斯特同学哄下讲台，好像酒吧保镖很抱歉地把口碑良好的熟客扔出大门，然后开始传唤西蒙斯。不一会儿这孩子就走上了讲台，听到他摘得的奖项是《圣经》知识，我的心情可想而知。我是说，这是咱们自己人。

西蒙斯同学是个很不讨人喜欢的家伙，一副洋洋得意的姿态，大门牙，戴着眼镜，但是我报以热烈的掌声。我们《圣经》知识大拿要团结一心。

很遗憾，果丝不喜欢这个西蒙斯同学。他的眼神里完全没有刚才采访珀维斯同学的那种“哥俩好”，甚至连面对斯麦瑟斯特同学的一般友好也没有。他很冷淡。

“嗯，西蒙斯同学。”

“老师，是，老师。”

“什么意思——老师，是，老师？真是傻话。你得了《圣经》知识奖，是吧？”

“老师，是，老师。”

“是啊，”果丝说，“瞧你那小样也像。不过，”他顿了顿，仔细打量这小孩，“我们怎么知道你赢得光明正大呢？我来考考你吧，西蒙斯同学。那个谁——是谁生了那谁？你答得出来吗，西蒙斯？”

“老师，不能，老师。”

果丝转头望着大胡子。

“有猫腻，”他说，“绝对有猫腻。这个学生似乎对《圣经》知识完全不了解。”

大胡子以手扶额。

“我可以保证，粉克-诺透先生，评分经过重重把关决无不公，西蒙斯远远领先其他同学。”

“哦，那权且信你的，”果丝不信任地说，“好，西蒙斯同学，给你奖品。”

“老师，谢谢，老师。”

“不过丑话说在前头，得了《圣经》知识奖也没什么好炫耀的。伯弟·伍斯特——”

印象中从来没有这么惊悚的经历。我还以为，既然果丝的演讲给截断了，他的毒牙就给拔除了。对我来说，低下脑袋、重新向大门挪动，不过是一眨眼的事儿。

“伯弟·伍斯特跟我一起念小学的时候，就得过《圣经》知识奖，他的为人大家有目共睹。不过当然了，伯弟是靠打小抄。那么多尖子生都没拿到，偏偏给伯弟赢到手，就是因为他使用了最卑鄙无耻的手段，虽说学校里作弊成风，他的作法也令人发指。他走进考场的时候，口袋里肯定塞满了小纸条，写着什么犹大族的历代国王[1]——”

下文我不得而知了。不一会儿，我就呼吸着上帝的空气，手忙脚乱地踩上了老爷车的自动起动器。

引擎作响，我离合器一踩，按了声喇叭，扬长而去。

等我把车泊进布林克利庄园，神经节还没停止抽动。深受震撼的伯特伦踉跄地摸回卧室，换了一身宽松的便服。我穿着法兰绒睡衣，到床上躺了一躺，好像就睡着了，因为接下来我记得的就是看到吉夫斯站在身边。

我坐起身。

---

1 《圣经》中以色列十二支派中的一支。

“端茶来了，吉夫斯？”

“不，少爷。快开晚饭了。”

迷雾消散了。

“我一定是睡着了。”

“是，少爷。”

“劳累过度的自然结果。”

“是，少爷。”

“不得不屈服。”

“是，少爷。”

“快开晚饭了，是不是？好吧。我没什么胃口，不过咱们还是准备更衣吧。”

“无此必要，少爷。今晚不必着正装，餐厅里备好了冷盘。”

“怎么回事？”

“特拉弗斯夫人吩咐，尽量减轻用人负担，因为今天晚上全体用人都要去珀西瓦尔·斯特里奇-巴德爵士府邸参加舞会。”

“对，我想起来了。安吉拉表妹跟我说过的。那就是今晚了啊？你去吗，吉夫斯？”

“不，少爷。我并不十分热衷乡间这种娱乐形式，少爷。”

“你的意思我懂。乡下的狂欢来来去去都是那一套。钢琴一架、小提琴一把，地板粗糙得像砂纸似的。阿纳托去吗？安吉拉好像说他不去。”

“安吉拉小姐说得不错，阿纳托正卧床休息。”

“这帮法国佬，就是喜怒无常。”

“是，少爷。”

一时间都没有话说。

“我说吉夫斯，”我说，“这就是传说中的下午，啊？”

“是，少爷。”

“印象中还没有经历过这么多灾多难的下午呢。而且我还是提前退场的。”

“是，少爷。我看到少爷离开了。”

“走人也不能怪我吧。”

“是，少爷。粉克-诺透先生无疑触及了个人隐私，令人难堪。”

“我走以后他又说了什么吗？”

“没有，少爷。仪式很快就结束了。粉克-诺透先生对西蒙斯小少爷的一番评论导致大家提前散场。”

“他不是早就评论过西蒙斯同学了嘛。”

“只是暂时的，少爷。在少爷离场以后，他马上旧事重提。少爷应该记得，他已经对西蒙斯小少爷的真诚表示过怀疑，这次他开始恶意攻击这位小少爷的人品，坚称他之所以赢得《圣经》知识奖，唯一的可能就是大肆展开有系统的作弊。粉克-诺透先生甚至暗示说，西蒙斯小少爷是警局的常客。”

“天哪，吉夫斯！”

“是，少爷。这番话引起了不小的骚动。但该项指控所引起的反响，只能说是好坏参半。学生们似乎笑逐颜开，并热烈鼓掌，而西蒙斯小少爷的母亲则从座位上站起来，对粉克-诺透先生发表了义正词严的抗议。”

“果丝是不是吓坏了？他是不是放弃立场了？”

“不，少爷。粉克-诺透先生说自己总算明白了，然后暗示西蒙斯夫人与校长之间有不正当关系，并指责后者对分数作了手脚——这是他的原话——以便讨好后者。”

“你不是说着玩儿吧？”

“不，少爷。”

“天老爷，吉夫斯！然后——”

“他们唱起了国歌，少爷。”

“怎么可能？”

“是，少爷。”

“这个节骨眼也行？”

“是，少爷。”

“唔，你当时在场，当然不会看错，但我做梦也想不到，果丝和这位夫人在这种时候还有心思表演二重唱。”

“少爷误会了。是观众齐唱国歌。校长转身对管风琴手低声吩咐了一句，然后便奏响了国歌，之后仪式就结束了。”

“这样啊。也该结束了。”

“是，少爷。西蒙斯夫人的确已经怒不可遏。”

我沉思起来。听闻此事，的确不免感到可悲可惧，甚至是可惊可悯，说“心下大慰”无疑是睁着眼睛说瞎话。但另一方面，反正是熬过去了，我认为，为过去伤感这可要不得，必须放眼光明的未来。我是说，果丝纵然打破了伍斯特郡的胡闹记录，并且绝对丧失了斯诺兹伯里集市的“最受欢迎人物”争夺权，但事实不可否认，他已经开口向玛德琳·巴塞特求婚，而且也必须承认，对方已经点头应允。

我把这些想法说给吉夫斯。

“丢人现眼，”我总结道，“而且很可能要名垂史册的。但是咱们别忘了，吉夫斯，虽然果丝这会儿在左邻右舍间是落了个世界头号怪人的恶名，但除此以外他还是挺好的。”

“不，少爷。”

我没太听懂。

“你说‘不少爷’，其实是想说‘是少爷’吧？”

“不，少爷。我想说的正是‘不少爷’。”

“除此以外他不好？”

“不，少爷。”

“他不是订婚了吗？”

“已经不是了，少爷。巴塞特小姐取消了婚约。”

“你不是开玩笑？”

“不，少爷。”

这本编年史中有一个现象颇令人称奇，不知道各位看官注意了没有。我指的是其中的每个角色都曾经做出过以手捂脸的动作。想当年我也置身于不少水深火热的境况当中，但我还是有史以来第一次接触这么一群忠实的捂脸派。

汤姆叔叔捂过，大家还记得吗。还有果丝，还有大皮。估计还有——虽然我没有确凿的数据——阿纳托，还有那巴塞特八成也跑不了。还有达丽姑妈，我相信她也很想捂，只不过担心弄乱了精心梳好的发型，否则早出手了。

嗯，我想说的其实是，在这个节骨眼儿，我也忍不住捂了。双手上移，脑袋下垂，一眨眼工夫，我就捂得像模像样，不输给他们任何一个了。

就在我按摩着椰子壳，想着下一步如何是好的时候，只听门上“砰”的一声，好像送煤球的到了。

“我想极有可能是粉克-诺透先生，少爷。”

但是，直觉把他引上了歧途。来者不是果丝，而是大皮。他走进门站定，呼哧呼哧地喘气，像犯了哮喘似的。很显然，他情绪十分激动。

第十八章

我仔细打量他。他的表情让我很不自在。要知道，以前他那副样子也没怎么让我自在过，因为上帝在创造这位仁兄的时候，把下巴造得有些不必要地长，双眼也过于凌厉有神，而他既没有成为征战四方的皇帝，也没去当交通警。但此刻，除了影响审美，我觉得这个格罗索普还明显带着威胁的意味，不由得希望吉夫斯不要老是这么见鬼地识相。

我是说，主人见客的时候，自己立刻化成一条泥鳅钻进泥地里，这固然是好，但是某些情况下——我瞧眼前就是一例——真正识相的就该原地不动，准备在接下来的混战中帮把手。

但是吉夫斯已经不见踪影。我没注意到他走开，也没听见他走开的动静，但他已经走了。放眼望去，视线中只有大皮一个。而大皮的姿态，我说过，有种让人不安的成分。我觉着他又要翻旧账，质问我胳肢安吉拉脚腕事件。

不过，听了他的开场白，我才知道自己原来是杞人忧天了。他是抱着善意，这让我大大地放了心。

“伯弟，”他开口道，“我欠你一声抱歉。我来就是为了这事儿。”

听到这话，鉴于其中不包含任何胳肢脚腕的字样，我才放下心，如前所述，是大大地放下了心。但是其大小和我心中的讶异相比还差了一点。距盉斯俱乐部那场令人心痛的往事已经数月有余，但到目前为止，他还从来没有表示过一丝后悔莫及和心有愧疚。没错，我通过秘密渠道得知，他还常常在晚宴和各种聚会上大讲特讲，而且还一边讲，一边笑掉了愚蠢的大牙。

因此，我觉得很难理解，他怎么事过境迁才来卑躬屈膝。大概他终于良心不安了。可那又是为什么？

哎，无论如何吧。

“老伙计，”我的绅士气概一展无遗，“不必提它。”

“这话有意思吗？‘不必提它’？我刚刚提完。”

“我是说，不必再提它。就让它过去吧。谁不会一时忘形放肆起来，等冷静下来一想，又悔不当初？我猜那会儿你是手头比较紧吧。”

“你扯什么鬼话呢？”

他的语气我很不欣赏。失之鲁莽。

“要是我没猜错，”我有点傲然，“你这声抱歉，是为了那天晚上在盉斯俱乐部把最后一只吊环扣住，害我穿着礼服掉进了游泳池。”

“笨蛋！根本不是。”

“那是什么？”

“是巴塞特那件事儿。”

“巴塞特哪件事儿？”

“伯弟，”大皮说，“昨天晚上你说你爱着玛德琳·巴塞特，我表面上装作相信你，其实心里根本不信。因为这事儿太蹊跷了。但是，我打听过了，看来事实和你的供词并没有出入。我来，是为之前怀疑你而道歉。”

“打听？”

“我问她你是不是求婚了，她说是的，你是求过了。”

“大皮，你不是吧？”

“我是啊。”

“你长不长心？成不成话？”

“不长。”

“嗯？哦，行啦，当然了，我只是觉得你该长点儿。”

“长个鬼心。我得确定偷走安吉拉的人是不是你。现在知道不是了。”

既然他知道了，那他长不长心我也就无所谓了。

“哦，”我回答，“那，那就好。你可记牢了。”

“而且我也知道是谁了。”

“什么？”

他沉思了一会儿。只见他双眼中燃烧着两朵星星之火，并且下巴前凸，像吉夫斯的后脑勺。

“伯弟，”他问道，“你记不记得，我当时发誓，等找到是谁偷走了安吉拉的心，我要把他怎么样？”

“我记得可能不全，不过你是要把他从里到外翻过来——”

“活活把自己吃掉。没错。我这个节目照旧。”

“可是大皮，我一直跟你说，我做人证绝对可靠，那次在戛纳没有谁偷走安吉拉的心。”

“对。是她回来以后动的手。”

“什么？”

“别老是什么什么的。你听到了。”

“可是她回来以后没见到什么人啊。”

“哼，没见？那个水螈小子呢？”

“果丝？”

“对，就是粉克-诺透那条毒蛇。”

我觉着他这胡话说得无边无际的。

“可是果丝明明爱着那巴塞特啊。”

“你们怎么个个都爱这个见鬼的巴塞特？我真不懂了，怎么还会有人爱她？那小子爱安吉拉，我跟你说明白了。而且安吉拉也爱他。”

“但是安吉拉和你闹分手，那时候果丝还没来呢。”

“不，才不是。是他来了几个小时以后。”

“他怎么可能几个小时就爱上安吉拉？”

“怎么不会？我几分钟就爱上她了。我一见到她就给迷住了，那个大眼贼，臭丫头。”

“见鬼——”

“别吵了，伯弟。证据确凿。安吉拉爱的就是跟水螈凑热乎的那个混小子。”

“瞎扯，小子，瞎扯。”

“哼！”他脚跟一转，鞋跟嵌进了地毯里——这事儿我读过不少，倒还是第一次亲眼见到。

“那你倒是来解释解释，安吉拉为什么要跟他订婚？”

我真是惊讶得晕倒。

“跟他订婚？”

“安吉拉亲口跟我说的。”

“开你玩笑吧。”

“才不是开我玩笑。今天下午斯诺兹伯里集市文法学校的仪式结束不久，那小子就求婚了，安吉拉哼都不哼一声就答应了。”

“肯定是谁搞错了。”

“没错。就是粉克-诺透那条毒蛇的错。我估计他这会儿也发现了。我从五点三十分就在追他。”

“追他？”

“满屋子追。我要揪掉他的脑袋。”

“噢。这样啊。”

“你见过他没有？”

“没有。”

“哼，要是见了他，那就迅速跟他道别，准备订几束菊花吧……啊，吉夫斯。”

“先生？”

我没听到开门的动静，但他已经现身了。我私下以为——好像以前也提过——吉夫斯是不需要开门的。他就像印度那些老兄，像御风而行的大鸟，比如他们——我是说那些老兄——会消失在孟买的空气中，把身体部位组装好，两分钟后出现在加尔各答。不然怎么他一会儿在一会儿又不在？只有类似的理论才解释得通。他似乎能从甲点飘到乙点，像某种气体。

“你见到粉克-诺透先生没有，吉夫斯？”

“没有，先生。”

“我要杀了他。”

“是，先生。”

大皮重重摔上门走了，我把最新消息讲给吉夫斯。

“吉夫斯，”我说，“你听说没有？粉克-诺透先生跟我表妹安吉拉订婚了。”

“真的，少爷？”

“这，闹的是哪一出？你明白其中的心理吗？怎么说得通？几个小时以前他刚和巴塞特小姐订婚啊。”

“一位先生被某位小姐抛弃以后通常会毫不迟疑地选择另一位，少爷。这种现象通常称为表姿态。”

我有点明白了。

“你的意思我懂了。是挑衅。”

“是，少爷。”

“好比在说，哼，行啦，随你的便，你不要我，可有不少人抢着要呢。”

“正是，少爷。我表哥乔治——”

“先别管你表哥乔治了，吉夫斯。”

“遵命，少爷。”

“留着漫长的冬夜再讲，啊？”

“谨遵少爷吩咐。”

“而且我保证，你表哥乔治不会像果丝，小鸡胆子，见到鹅都不敢吆。所以我也惊讶嘛，吉夫斯，这次居然是果丝大表姿态。”

“少爷要记得，粉克-诺透先生正处在所谓头脑发热的状态中。”

“那倒是。超水准发挥，是吧？”

“半点不差，少爷。”

“嗯，这么说吧，要是让大皮逮到他，他更要头脑发热了……现在几点了？”

“刚好八点整，少爷。”

“这么说大皮追了他两个半钟头。咱们得救救这个倒霉蛋，吉夫斯。”

“是，少爷。”

“总是一条人命嘛，啊？”

“千真万确，少爷。”

“那么，第一件事，就是要找到他。然后咱们再商讨计划和对策。去吧，吉夫斯，展开地毯式搜索。”

“不需要，少爷。少爷只要回过头，就能看见粉克-诺透先生正从床底下出来。”

啊，上帝，他说得一点儿也没错。

果丝正像他描述的那样浮出水面。他身上挂了不少灰尘，好像海龟探出来换气。

“果丝！”我叫道。

“吉夫斯。”果丝开口。

“先生？”吉夫斯应道。

“门锁了没有，吉夫斯？”

“没有，先生，我这就去处理。”

果丝坐到床上，有一会儿我还以为他要进入以手捂脸的状态了。但他只是挥手扫掉了额头上的一只死蜘蛛。

“门锁上了，吉夫斯？”

“是，先生。”

“谁也说不准那个可怕的格罗索普会不会杀个回马——”

“枪”字到了他嘴边，没来得及出口。他才发出了一个

"qi"的声音，门把手就开始转动并嘎嘎作响。果丝一个惊跳，一瞬间像极了达丽姑妈在餐厅里挂的一幅画——《被困的牡鹿》，兰西尔出品[1]。然后他纵身扑向衣柜，大家还没来得及看清他的起跳动作，他人已经进去了。错过九点十五分这趟列车的老兄，动作都没这么利索。

我向吉夫斯投去一瞥。他右边的眉毛轻轻一挑，他向来不动声色，这已经是极丰富的表情了。

"谁呀？"我喊道。

"让我进去，你个笨蛋！"大皮的声音从门外传来，"谁把门锁上了？"

我又用眉毛语询问吉夫斯的意见。他扬起一条眉毛，我也扬起一条。他扬起另一条眉毛，我也扬起另一条，然后我们同时扬起两条眉毛。最后，似乎没有其他的策略好选，我于是敞开大门，大皮一个箭步冲进来。

"怎么啦？"我尽量轻描淡写。

"干吗要锁门？"大皮问。

此时我的扬眉语已颇为流利，于是也对他来了一下。

"就不许别人有点隐私吗，格罗索普？"我冷冷地说，"我吩咐吉夫斯锁上门，因为我要解去衣衫。"

"说得好听！"大皮回嘴，他有没有加上一句"你个头！"我不大确定，"你不用编了，难道你还怕大家争先恐后地搭游览车来瞻仰你的内衣秀吗？你锁门，就是因为粉克-诺透那条毒蛇藏在屋里。我一转身就怀疑了，所以决定回来探个究竟。我要把这

---

1 埃德温·兰西尔（Edwin Landseer, 1802—1873），英国画家，擅画马、狗、鹿等动物。

屋子边边角角都搜个遍，依我看，他就藏在衣柜里……衣柜里放了什么？”

“衣服呗，”我又努力了一次轻描淡写，不过对其效果相当没信心，“就是英国绅士到乡间做客的标准行头。”

“骗人！”

哎，要是他稍等一分钟再开口，我也犯不着，因为他话音还没落，果丝就冲出了衣柜。我刚才描述了他冲进去的速度，但和他冲出来的速度相比，那真是不值一提。只见一团影子闪过，他就不见了。

我看大皮也吓了一跳。其实我对此很肯定。虽然他信誓旦旦地说衣柜里窝藏了粉克-诺透，但这位老兄“嗖”的一声出现在他眼前，显然令他很错愕。他倒吸了一口冷气，向后跳出约一米五。但是，他及时回过神，嗒吧嗒吧冲进走廊紧追不舍。此时此刻，要是有达丽姑妈跟在后头大喊一声“唷唷唷！”或者类似的日常用语，那就完全是在演绎阔恩猎场的骑马追狐狸了。

我顺势跌坐在椅子里。虽然平日里很少沮丧，但我觉得，刚才的情况终于开始让伯特伦无力招架了。

“吉夫斯，”我叹道，“情况有点难办哪。”

“是，少爷。”

“叫人头昏脑涨的。”

“是，少爷。”

“你还是先退下吧，吉夫斯。我需要集中全部精力，对这个新局面展开全面思考。”

“遵命，少爷。”

门合上了。我点了根烟，开始沉思。

第十九章

我猜想，这种情况下，大多数人花一整个晚上也毫无头绪，但是咱们伍斯特有种不可思议的天分，就是能一下子抓到核心问题。据我估计，思考了不到十分钟，事情就有了眉目。

我认为，拨乱反正的办法就是找安吉拉推心置腹地谈一谈。麻烦都是她惹出来的：这个小糊涂虫本应该对果丝说“不愿意”，但偏就说了“愿意”，要知道果丝是受了混合饮料的影响，头脑发热，才会跑去提议组队的。显然，必须好好教训她一顿，让她把果丝这宗买卖退了。一刻钟后，我追查到了她的踪迹：她正在花园的凉亭里乘凉。我和她并肩坐下了。

“安吉拉，”我的声音可能比较严厉，不过换谁都得这样，“真是胡闹！”

她好像如梦初醒，眼神充满疑问。

“对不住，伯弟，我没听见。你胡闹什么？”

“我没胡闹。”

“哦，不好意思，我听你说你胡闹来着。”

“我故意跑到这儿来胡闹，这可能吗？”

“很可能啊。”

我觉得最好到此打住，换个角度下手。

“我刚见过大皮。”

“唔？”

“还有果丝·粉克–诺透。”

“嗯，然后呢？”

“听说你巴巴地跑去跟人家订婚了。”

“没错。”

“啧，我说胡闹，就是指这件事。你怎么可能爱上果丝这家伙？”

“怎么不可能？”

“就是不可能。”

哎，我是说，她当然不会了。谁会爱上果丝这个怪人？物以类聚，只有巴塞特那个怪人。当然了，果丝这个人是有很多优点，讲礼貌，又和气，危难时刻完全可以仰仗他——要是谁家的水螈生病了——但说到门德尔松的进行曲，他明显不是这块料。我敢打赌，就算往英格兰人口最密集的地区每小时扔一块砖头，也不用担心伤到未来的奥古斯都·粉克–诺透夫人，除非打麻药。

我分析给她听，她不得不承认有理。

“算你说得不错吧。可能我是不爱。”

“那，”我激动地说，“你还巴巴地跑去跟人家订婚，不讲道理，小傻瓜。”

“我觉得有意思。”

“有意思？”

“是很有意思嘛。我可享受了不少乐趣。当时告诉大皮的时候，他那个表情，你是没有看到！”

我突然灵光一闪。

“哈！表姿态！”

“嗯？”

“你和果丝订婚，是为了气大皮？”

“对。”

“哦，嗯，我就是这个意思。这就叫表姿态。”

“好，可以这么说吧。”

“依我看还可以这么说——手段低劣的报复行为。想不到你会这么做，小安吉拉。”

“有什么不可以？”

我把嘴唇噘起约一点二公分：“堂堂一个大小姐，当然不可以。你们女人说温柔也不过如此。毫不留情地下狠手，还洋洋得意。瞧瞧雅亿，希百的妻子。”

“你还知道雅亿，希百的妻子这个典故？”

“你可能还不知道吧，我上学的时候可得过《圣经》知识奖呢。”

“哦，对了。好像奥古斯都演讲的时候提了。”

“嗯，”我急忙打断，我可不需要谁跟我提起奥古斯都的演讲，“哦，我刚才说到，瞧瞧雅亿，希百的妻子，趁着客人睡觉的时候把橛子钉进人家脑袋瓜，过后还到处炫耀，像女童子军似的。怪不得人家要说‘女人啊女人！’”

“谁说的？”

“就是人家呗。嗨，女人！当然了，你不会打算坚持到底吧。”

“什么坚持到底？”

“和果丝订婚的事儿。”

“当然要。”

“就是为了让大皮出丑。”

“你觉得他出丑没有？”

“出了。”

“活该。”

我觉得下了半天工夫还是不见起色。记得当初拿《圣经》知识奖的时候，要背诵巴兰之驴的典故。具体内容记不大清了，大体印象是什么东西不肯挪脚，耳朵耷拉着，拒绝合作[1]。我觉得，安吉拉就是这副样子。她和巴兰之驴——打个比方——是一丘之貉。有个词怎么说来着，什么不驯——好像什么桀傲——完了，话到嘴边给忘了。总之，我想说的是，这就是安吉拉目前的态度。

“真是傻丫头。”

她脸红了。

“我才不是傻丫头。”

“你就是傻丫头，而且你心里清楚。”

“我清楚什么了？”

“你还不是？毁了大皮一生，也毁了果丝一生，就是为了给人家脸色看。”

“哼，反正跟你无关。”

“跟我无关？难道我眼睁睁看着两个同窗毁了一生？哈！还有，你明明爱大皮爱得发疯呢。”

---

1 《旧约·民数记》第22章，摩押王派先知巴兰去诅咒以色列人，但他所骑的驴子看到上帝不肯上路。

“才没有！”

“是吗？敢不敢跟我打赌，你每次看人家，眼里都盛着爱意——”

她看着我，不过没有盛爱意。

“哎，行行好，伯弟，快走开，煮你的大头去吧。”

我站起身。

“好，”我义正词严，“我这就煮。哦，我是说，我这就走。反正我的话都说完了。”

“那敢情好。”

“但是容我再说一句——”

“不容。”

“好哇，”我冷冷地说，“真这样，那再见咯您哪。”

我故意话中带刺。

闷闷不乐、垂头丧气，这两个词最适合形容我离开凉亭的心情。不能否认，我本以为这场小聚能收到不错的效果。

安吉拉让我吃惊不小。真奇怪，谁会怀疑每位大小姐内心深处都这么恶毒？不到她恋爱失败根本看不出。话说从我穿着水手装、她没门牙的时候起，我们就频繁往来，但直到如今我才发现她不为人知的内心。我印象中，她是一个单纯、开朗、善良的小脓包，几乎连蚂蚁都不忍心踩死的。但是她如今笑得这么冷酷无情——我记得好像是听到她冷酷无情的笑声——就像有声电影里走出来的残忍的大反派，正摩拳擦掌，决心要让果丝皓首惨然下阴府矣。

之前说过，在此重申一遍——女人真怪。吉卜林爷爷那句话说得一点不错，最毒什么什么来着[1]。

依我之见，这种情况只有一件事可做——直奔餐厅，进攻吉夫斯所说的冷盘。我感到亟需给养，因为刚刚的走访让我有些体力不支。不可否认，这种掏心掏肺的情感表达容易消耗精力，让人迫不及待地寻找牛肉火腿。

因此，我来到餐厅养精蓄锐，但还没跨进门槛，就看到达丽姑妈正靠着餐具柜，大嚼白汁三文鱼。

我不由自主地“哦啊”两声，因为心里有点尴尬。我和这位亲戚的上一次“呆对呆”[2]，大家还记得吗，她勾勒了我要淹死池塘的计划，现在她谋划到哪一步，我尚不明确。

她心情大好，令我如释重负。她挥舞叉子的那份热忱真是无法比拟。

“哎，伯弟，你这傻瓜，”她亲切地打招呼，“我就料到你肯定在吃的附近转悠。快尝尝三文鱼，特别鲜美。”

“阿纳托做的？”我问。

“不是，他还在床上躺着呢。是厨娘终于开窍了。她好像突然想起来，自己原来不是在撒哈拉沙漠喂秃鹰，总算整出适合人吃的东西了。归根到底，这姑娘还是不错的，希望她在舞会上玩得开心吧。”

我拿了一份三文鱼。我们两人相谈甚欢，讨论斯特里奇-巴德府上的用人舞会，还半心半意地揣测——我依稀记得——管家赛平思跳起伦巴的样子。

1　吉卜林《女性这种生物》（*The Female of the Species*, 1911）：“女性比男性致命。”

2　法语：tête-à-tête，单独会面，字面意为头对头。

我吃光了一盘，正要盛第二盘，这时终于提到了果丝的话题。考虑到下午的斯诺兹伯里集市事件，我还以为她一开始就会提起呢。不过她一提起，我就知道，她对安吉拉订婚一事还全不知情。

“我说伯弟，”她若有所思地嚼着水果沙拉，“这个粉哥–挠头。”

“诺透。”

“挠头，”我这位姑妈语气坚定，“看过他今天下午的表现，以后他在我心中永远都是挠头。不过呢，我刚才想说的是，你要是看到他，不妨替我捎一句话，说他让一个老妇人度过了一个非常非常开心的下午。我这辈子经历的最美妙的时刻，除了上次牧师踩到鞋带摔下讲道坛台阶，就属今天下午这个好样的挠头突然在讲台上教训起汤姆啦。没错，我觉得他的整体演出体现了绝佳的品位。”

我不由得表示反对。

“说我的那些话——”

“那一幕戏名列第二。我觉得很出彩。你当时赢《圣经》知识奖是靠作弊，这是不是真的？”

“当然不是。我胜利全靠勤勤恳恳、兢兢业业的刻苦努力。”

“他还说你悲观主义。你是不是悲观主义者，伯弟？”

我本想说，这园子里的事件马上要把我逼上这条路了，但我只说了一句不是。

“对嘛。可不能作悲观主义者。《憨第德》里不是说，这是所有可能中最好的世界，一切都朝着最好的方向发展。再长的路也有尽头，黎明前是最黑暗的时刻，只要有耐心，铁杵磨成针。虽然天色阴沉，太阳总会升起……来点沙拉吧。”

我听从建议，虽然勺子没停，心思却不在上面。我感到困惑。可能最近跟我打交道的都是些心事重重的人，所以她这份好心情才显得格外奇怪，反正我是觉得奇怪。

“我还以为你会有点不高兴呢。”我说。

“不高兴？”

“因为果丝下午在讲台上的行径。我真以为你会气得跺脚，大皱眉头呢。”

“胡说。有什么好不高兴的？我觉得这是对我的赞誉，我很骄傲，地窖里的酒能成就这么伟大的表演。我对战后威士忌又有了信心。还有，今天晚上我怎么也不会不高兴的。我好比一个小孩，拍着手在阳光下跳舞。伯弟，虽然耗了这么久都没进展，不过终于雨过天晴啦。快敲锣打鼓吧。阿纳托不走了。”

“啊？哦，衷心祝贺。”

“谢啦。下午一回来我就孜孜不倦地游说他，他说决不答应，然后答应了。他留下了，赞美上帝，现在我觉得，上帝司于天上，世上万事升——[1]”

她被打断了。门开了，我们身边多了一位管家。

“啊，赛平思，”达丽姑妈说，“我以为你已经出发了。”

“还没有，夫人。”

“啊，祝你们玩得尽兴。”

“多谢，夫人。”

1 勃朗宁诗剧《比芭走过》（Pippa Passes, 1841）中的“比芭之歌”。

“你来有事儿吗？”

“是，夫人。是关于阿纳托。夫人是否吩咐粉克-诺透先生，让他隔着阿纳托的卧房天窗冲他做鬼脸？”

第二十章

一阵长长的沉默。我相信这通常形容为“意味深长”。姑妈看管家，管家看姑妈，我看他们俩。房间里胶着了一种吓人的寂静，像亚麻籽膏药似的。我当时吃沙拉正好咬到苹果片，那声脆响仿佛拳击手卡内拉从埃菲尔铁塔顶上一跳摔进黄瓜架[1]。

达丽姑妈扶着餐具柜，用低沉沙哑的声音问：

“鬼脸？”

“是，夫人。”

“隔着天窗？”

“是，夫人。”

“你是说，他坐在屋顶？”

“是，夫人。阿纳托非常不高兴。”我想是“不高兴”这个词终于引爆了达丽姑妈。既往的经验使她明白，阿纳托一不高兴起来有什么后果。虽然我知道达丽姑妈一向精力充沛，但眼前她爆发出来的速度着实出乎我的意料。她驻足只是为了抒发胸中雄浑的狩猎感叹，一转眼她已经冲出房间，正向楼梯奔去，这期间

---

1 Primo Carnera（1906—1967），意大利专业拳师，曾获1933年—1934年世界重量级冠军。

我都来不及咽下一片——好像是——香蕉片。此时我如同收到她那封关于安吉拉和大皮的电报，感到必须过去给她打气，于是放下盘子，匆匆跟上她，赛平思也放开四蹄飞奔。

刚才说要过去给她打气，不过那个位置相当不容易到达。她的脚步飞快得惊人。爬完第一层台阶，她大约领先数个身长，等转弯上了第二层，她仍然把我甩在后头。不过，到了下一个楼梯平台，这场残酷的比赛让她显出一些疲态，只见她放慢了一些脚步，显出怒吼的症状，等我们上了直道，几乎是肩并肩了。我们冲刺到阿纳托的房间，可以说相差无几。

排名如下：

1. 达丽姑妈
2. 伯特伦
3. 赛平思

冠军领先不到一头的距离，亚军季军相隔半个台阶。

一进房门，首先映入眼帘的就是阿纳托。这个灶台上的魔法师矮矮胖胖，留着一把超大号的八字须，可以过滤汤汁的那种。一般来说，只要看他的小胡子，就能预测出他的心情。心情大好，则胡子末梢翘起，像军士长那样；灵魂受了伤，则胡子下垂。

眼下那胡子正垂着，预示着不祥。如果对他此刻的感受还有什么疑问，那么看了他的身体动作也会让人疑虑全消。只见他站在床边，身着粉红色睡衣，正在冲天窗挥舞拳头。透过窗玻璃，可以看到果丝脸对着我们。他双眼突出，嘴巴一张一合，和水族馆里的珍稀鱼类惊人地相似，让人一见之下就忍不住想喂个蚂蚁卵给他。

一个是挥舞拳头的厨师，一个是眼睛鼓得像青蛙的客人，我不得不说，我的同情全部给了前者。我认为，他这拳头挥舞得有理，怎么挥都不过分。

我是说，事实摆在眼前。他本来好好地躺在床上，放松地想着法国厨子一般躺在床上该想的事儿，突然间发现窗户外面出现了一张怪脸。不管多淡定的人也受不了啊。如果换成我躺在床上，我可不愿意果丝这么现身。男人的卧室——这不容争辩——是他的堡垒，要是有滴水兽突然窜出来盯着他，那绝对有权利横眉冷对。

我思考的这当儿，一向讲求实际的达丽姑妈开门见山地问：

“怎么回事？”

阿纳托做了个瑞典健身操的动作，由脊椎尾部开始延伸到肩胛骨，最后在后脑勺的头发处收尾。

他如实以对。

通过以往和这位神人的攀谈，我发现他英语说得很流利，不过有点儿混杂。记得吗，他来布林克利之前是炳哥·利透夫人的厨子，无疑跟着炳哥耳濡目染。再之前，他在尼斯的一个美国家庭里待过几年，师从这家司机，原籍布鲁克林的马洛尼先生。因此，炳哥加上马洛尼，导致他——如前所述——英语流利，但有点混杂。

他的叙述部分如下：

“唷唷！你问我怎么回事？听着，注意力集中一点儿。我，我都躺下啦，但是睡不老实啊，一会儿就醒了，一抬头，有个人从该死的窗户顺着我做鬼脸。很妙吗？很了不起吗？你以为我高兴？那你可特大错特错了！我气得，气死了！干吗不？我是谁不是？这是卧室不是，啊？不是给猩猩住的？那这些老兄干吗坐在我窗户上，吹胡子，瞪眼睛，做鬼脸？”

“对。”我附和。我的判决是，完全合情合理。

他又瞪了果丝一眼，开始健身操动作二——抓着小胡子扯一扯，手舞足蹈地分散观众注意力。

“等等会儿！我没说完呢。我看到这个怪人在我窗户上做鬼脸，然后呢？我大喊一声，他抱头鼠窜没有？还我干净没有？你想得美。他还杵在那儿，满满不在乎，还是坐在那儿瞅着我，像猫捉鸭子。他又顺着我做鬼脸，然后还在顺着我做鬼脸，我越叫他快滚出地狱，他越不肯滚出地狱。他还冲我嚷嚷，我问他意下如何，他不说。哼，他永远也不说，就在那儿摇头晃脑。傻瓜！我很好玩吗？你看我笑吗？我不高兴这种荒唐事。这个笨蛋准是疯了。Je me fiche de ce type infect. C'est idiot de faire comme a l'oiseau.... Allez-vous-en, louffier[1]……快叫那个呆瓜滚开。疯了，跟疯帽子似的。”

不得不说，他这些话说得入情入理，显然达丽姑妈也有同感。只见她伸出颤抖的手，放在他肩头。

“马上，阿纳托，马上，”她安慰道，我简直不敢相信自己的耳朵：这副饱满的声线居然也能这么温软，好像斑鸠的咕咕，“没事的。”

可惜出言不慎。阿纳托开始健身操动作三。

“没事？Nom d'un nom d'un nom[2]！鬼才以为没事！这话有什么用？等等一会儿。别急着说话，老朋友。没事才怪，好好想

---

1 意为：这个讨厌鬼，气死我了。这么做真是犯傻，这傻鸟……快滚，疯子……

2 意为：老天爷啊老天爷！

想，这可不是一般的小菜一碟。开我玩笑，这没什么大不了的，是，但在我窗户上顺着我开玩笑，我不高兴。生可忍，熟不可忍。我严肃惯了，不要开窗户上的玩笑。我最讨厌开窗户上的玩笑。这可不叫没事。要是老出这种荒唐事，那我永远不在这屋子里多待一会儿！我立马走，决不杵在这儿！”

不得不承认，这话很不祥。我很理解达丽姑妈一听之下发出一声哀鸣，如同猎狗的主人看到狐狸中枪倒下。阿纳托又开始冲果丝挥舞拳头，达丽姑妈也加入了他的行列。赛平思一直在背景处有礼有节地喘息，他虽然不至于举起拳头，不过给了果丝一个相当严厉的眼神。显然，对聪明的旁观者来说，这个粉克-诺透爬上天窗可是闯了大祸。相比之下，也许在西蒙斯家他还会受欢迎一点。

“走开，你个疯子！”达丽姑妈一声怒吼震耳欲聋，想当年，阔恩猎场有多少神经衰弱之人吓得马镫一松跌下马背。

果丝对此只是上上下下地移动眉毛。我读懂了他要传达的意思。

“我看，他是想说，”伯特伦一向讲理，时刻努力息事宁人，“这么一来他要从屋顶上掉下去摔死。”

“哦，有何不可？”达丽姑妈应道。

当然，她的意思我可以理解，不过依我看，还有个不那么绕远的办法。整栋房子里，只有天窗没给汤姆叔叔装饰上可恶的防盗窗。可能他心里想，要是哪个小贼有胆子爬这么高，那就算他罪有应得。

“打开天窗，他就能跳下来了。”

这个主意得到广泛认同。

“赛平思，天窗怎么打开？”

“需要用竹竿，夫人。”

“那就拿根竹竿来。拿两根，十根。”

不一会儿，果丝就置身在大伙中间了。就像报纸上报道过的那些人，这个倒霉鬼好像深知自己的处境。

坦白说，我觉得达丽姑妈的态度并不有助于他凝神定气。那个就着水果沙拉和我讨论这个笨蛋的和蔼的她，此时已荡然无存，而粉克-诺透的嘴巴仿佛封住了，这也并没有逃出我的预料。达丽姑妈一般情况下总是和颜悦色，就像在命令猎狗猛追猎物。她很少发威，不过一旦发威，纵使是铁汉子也要一个拉扯一个地逃上树。

“嗯？”她说。

对这个问题，果丝做出的回答是类似压住的逆嗝。

“嗯？”

达丽姑妈脸色阴沉下来。狩猎这项娱乐活动呢，如果连续几年不间断地纵情其中，几乎不可避免地会让病人的肤色变得有些暗沉。就连达丽姑妈的密友也不能否认，即使在正常情况下，我这位亲戚的皮肤也有一点点像压烂的草莓色。但是，眼下这种浓艳的色彩，是我此生所未见。她好像一只努力组织语言的西红柿。

“嗯？”

果丝也在使劲儿。有那么一阵子，好像他要破口而出了，但最终他喉咙里只发出濒死的喀喀声。

“哎，伯弟，带他出去，头上冷敷一下。”达丽姑妈发话了。她终于放弃了。接着，她转而执行一项英雄的壮举：安抚阿纳托。此时，他正在自言自语，语速飞快。

似乎是觉得眼下的情况用炳哥加马洛尼美式英语已经不足以表达，他启用了母语。像“marmiton de Domange”、“pignouf”、“hurluberlu”、“roustisseur”[1]等词一股脑地涌出来，好像谷仓里扑腾出来一窝蝙蝠。当然，我是完全不懂，虽说在戛纳的时候汗流浃背地记了几句高卢话，但几乎就停留在“该死嗑勿哑味”[2]水平。我还是挺遗憾的，因为这几句听着很带劲儿。

我扶着果丝走下楼梯，凭着比达丽姑妈冷静的头脑，我已经猜到果丝爬上屋顶的动机和目的。在达丽姑妈眼中，这是斗鸡眼醉鬼酒后寻衅滋事或者突发奇想，但我却看出，他是被老鹰追赶的小鹿。

“是不是大皮在追你？”我语带同情。

我相信他打了一个所谓的“弗里松”[3]。

“他一直追到楼梯尽头，眼看就要抓住我了，于是我就钻出走廊窗户爬到外面，顺着窗台什么的一阵乱爬。”

“把他震住了，是吧？”

“对。然后我发现没路可走了。屋顶是向下斜的，我又下不去，只好继续爬，最后就爬上了天窗。那个家伙是谁啊？”

“他叫阿纳托，是达丽姑妈家的厨师。”

“法国人？”

“彻头彻尾。”

“怪不得我说什么他都不懂呢。这些法国人就是笨。最基本

1　分别意为：笨手笨脚、粗人、冒失鬼、小贼。

2　法语：Est-ce que vous avez…，意为：您是否……

3　法语：frisson，意为寒战。

的情况都搞不清。要是某人看到某人在天窗上，某人立刻明白某人是想进来。可他呢，就知道在那儿傻站着。”

“还挥拳头。”

“对。大傻瓜。哎，好歹我是脱身了。”

“好歹你是脱身了，但只是眼下。”

“嗯？”

“我想大皮大概在哪里埋伏着呢。”

他一个惊跳，像春天的羊羔。

“我怎么办哪？”

我想了想。

“偷偷溜回房间，锁好门。男子汉就得这么做。”

“但他要是埋伏在屋里呢？”

“那你就转移。”

不过一回房我们就发现，大皮即使打埋伏也是打在其他角落。果丝一个箭步冲进门，我听到钥匙转动的声音。考虑到此地已经不需要我帮忙，于是我返回餐厅，继续未完成的水果沙拉，再安安静静地斟杯酒。我还没盛完，门就开了，只见达丽姑妈走了进来。她跌进一把椅子里，有点筋疲力尽的样子。

“倒酒，伯弟。”

“什么酒？”

“随便，烈酒就好。”

遇到这种情况，伯特伦·伍斯特最得心应手。阿尔卑斯山脉那些登山者的圣伯纳犬也比不上我尽心尽责。我斟好酒，好一会儿，房间中只有一阵咕嘟声，那是姑妈在压惊。

“喝吧，姑妈，”我同情地说，“这种事儿最费神了，啊？

无疑，安慰阿纳托是项艰巨的任务，”我一边说，一边挑了一块凤尾鱼酱面包片，“现在一切都恢复如初了吧？”

她目不转睛地盯了我一阵，眉头紧锁，仿佛在思索着什么。

“阿提拉，”她终于开口了，“就是他。匈奴王阿提拉。”

“唔？”

“你让我想起一个人。所到之处万物尽毁，一片狼藉，人家本来过得和和美美，他一进门就给毁了。就是阿提拉。真不可思议，”她又盯住我，“光看外表，还以为你就是个普普通通、无伤大雅的傻帽儿——也许该治一治，但总归算不上公害。可实际上呢，黑死病再厉害也比不上你。跟你说，伯弟，想到你，我就‘砰’一声撞上了生活中所有的艰难困苦，像撞上电线杆。”

我又心酸，又讶异，正想开口，可是我那面包片上涂的原来不是凤尾鱼酱，口感要黏稠得多。这玩意儿裹住了舌头，像麻核桃似的让人有话说不出。我努力清嗓子准备行动，她还喋喋不休：“你把粉哥-挠头介绍到这儿来的时候，有没有考虑过后果？他醉成一摊烂泥，把斯诺兹伯里集市文法学校的颁奖仪式搞成喜剧电影，这我不多说什么了，因为我开心得很。至于他爬到天窗吓唬阿纳托——要知道我可是费了九牛二虎之力才劝得他回心转意不走了，这下阿纳托又开始发脾气，发誓一天都不多留——”

那个什么酱终于屈服，我又能开口说话了：“啊？”

“对，阿纳托明天就走。可怜的汤姆，估计下半辈子都要消化不良了。这还不止。安吉拉刚刚告诉我，她和这个挠头订婚了。”

“只是暂时的。”我只好承认。

“暂时个鬼。她是铁了心，还冷酷地说婚礼在十月举行。行啦。要是先知约伯现在走进屋，我准能跟他聊倒霉聊到晚安。当然约伯和我不是一个级别。”

“人家生了毒疮。”

“哦，毒疮是什么？”

“痛死人的东西吧。”

“胡说。我愿意用全天下的毒疮交换我的倒霉。你难道还看不出？我把英格兰最棒的厨子弄丢啦。我那可怜的夫君可能要死于肠胃不适。我就一个闺女，我为她设想了那么美好的未来，想不到她马上要嫁给那个张口水螈闭口水螈的酒鬼。你还跟我讨论毒疮！”

她犯了一个小错误，我得纠正过来。

“我不是要讨论毒疮，只是说约伯生了嘛。嗯，我同意，达丽姑妈，眼下情况是不太顺溜，但咱们得打起精神。对咱们伍斯特来说，困难从来都是一时的。”

“你是不是又打算安排什么计划呢？”

“随叫随到。”

她无可奈何地叹了口气。

“我想也是。好吧，随便你。我看不出情况还能糟糕成什么样子，不过无疑你就是有这个本事。你的聪明智慧无往不利。由着你，伯弟，都由着你。反正我以后什么都不在乎了。看你能把这家拖到黑暗幽深的第几层地狱，我倒是有点兴趣了。别闲着，小子……你吃什么呢？”

“我觉得不大好分辨，什么酱的面包片，有点像牛肉口味的糨糊。”

“拿来。”达丽姑妈心不在焉。

“小心下口，”我建议，“比弟兄更亲密……怎么了，吉夫斯？”

他出现在地毯上，一如既往地悄无声息。

“给少爷的字条。”

“给我的字条，吉夫斯？”

“是，给少爷的字条。”

“谁给的，吉夫斯？”

“巴塞特小姐，少爷。”

“谁给的，吉夫斯？”

“巴塞特小姐，少爷。”

“巴塞特小姐给的，吉夫斯？”

“巴塞特小姐给的，少爷。”

这时，达丽姑妈放下刚咬了一口的不知什么酱面包片，央求我们——好像有点烦躁地——别演什么相声了，因为她烦的事儿够多了，不需要我们两个在旁边模仿两个马克。我一向愿意与人方便，于是对吉夫斯点点头，示意他退下。只见他忽闪了一下就不见了。幽灵也不会如此敏捷。

“究竟，”我把玩着信封，“这个女人对我有什么话说？”

“拆开见鬼的信封看看不就得了。”

“真是好办法。”我依言行事。

“至于我的行踪，”达丽姑妈一边说一边向门口走去，“我要回房去做几个瑜伽腹式呼吸，努力忘掉烦恼。”

“嗯。”我扫着手写体，没注意她说什么。等翻到背面，一声尖叫冲口而出，导致达丽姑妈一个惊跳，像受惊的野马。

“别嚷嚷！”她一声大吼，浑身颤抖着。

“哦。可见鬼——”

“祸害，你这个宝贝，”她叹道，“记得多年前，你还睡摇篮的时候，有一回我看着你，你让橡胶奶嘴给噎住，脸都紫了。我呢，当时不谙世事，救了你一条小命。这么跟你说吧，小伯弟，要是你再让橡胶奶嘴给噎住，旁边只有我一个人能救你，那你可有大麻烦了。”

“见鬼！”我喊道，“你知道出什么事了？玛德琳·巴塞特说要嫁给我！”

“祝你如愿。”我这亲戚说着就走出了房间，表情颇像爱伦·坡小说里的人物。

第二十一章

我估计自己也不会不像爱伦·坡小说里的人物。各位可以想象，刚刚收到的这条新闻对我是个不小的打击。要是这巴塞特深信伍斯特对她念念不忘，愿意随时随地有求必应，并因此决定作这份买卖，那么，身为君子和有心人，我只有一个选择：照办交货。显然，这件事不是一句干脆的nolle prosequi就能摆平的。因此，似乎所有的证据都显示，末日终于来了，而且不走了。

我不能故作轻松地说目前的局面正合我意，但我也并没有因此而绝望。想解决问题，办法还是有的。要是换作没骨气的人掉进了这个可怕的陷阱，无疑会立刻缴枪投降，放弃斗争，但是，伍斯特的诀窍就是，我们不是没骨气的人。

第一个应对办法：再读一遍字条。当然，我不是期盼第二遍细读之下，其内容能引发不同的构想，我不过是想借此来填补空白，让大脑先预热一下。其次，为了有助于思考，我又盛了一点水果沙拉，此外还吃掉一块海绵蛋糕。等我开始进攻奶酪的时候，机器终于开始运作了。我知道该怎么做了。

此时考验智慧的问题——即：伯特伦能行吗？现在我可以自信地回答：没问题！

每当站在困难的十字路口，最要紧的就是不能大脑一片空白，而是要保持冷静，揪出头羊。一旦发现头羊，那就好办多了。

显然，我要找的头羊就是这个巴塞特。眼下这个烂摊子，她是罪魁祸首，是她先甩了果丝。显然，要解决和澄清问题，就必须让她修正想法，再次接过果丝这个担子。如此一来，安吉拉又重新流通起来，这样大皮的火气就能消一消，之后咱们就有希望了。

我于是决定，再吃一块奶酪，然后马上去寻找这个巴塞特，展开滔滔雄辩。

这时她刚好走了进来。我本该想到她不久就会出现的。我是说，即使心在痛，但是知道餐厅里摆着冷盘，那迟早都要现身。

她进门的时候，双眼直直盯着白汁三文鱼，无疑是要径直奔过去行动，但是却被我打断了。由于见到她过于激动，我失手掉了用来安抚心神的美酒。她循着声音转过身，一时间尴尬起来。只见她双颊微微泛起一层红晕，眼睛凸出了一点。

“啊！”她说。

我发现，像这种微妙的时刻，消除紧张的最好办法莫过于舞台经验。给双手找点活动，这仗就赢了一半。因此，我抓起一只盘子，急忙走过去。

“来点三文鱼？”

“谢谢。”

“配几片沙拉？”

“有劳。”

“喝什么？任你选。”

“我想，还是来一点儿橘子汁吧。”

她咕嘟一声。不是喝橘子汁——还没倒给她呢——而是因为这三个字引起了她温柔的怀想，如同意大利街头风琴艺人的未亡人听到有人说起意大利面。她脸上的红晕更明显了，并且显出苦恼的样子。我本想将对话限制在中立的话题上，例如冷掉的三文鱼，现在看来，这个策略已经变得不切实际。

她可能也有此想法。为深入实际问题，我以一句“呃”开场，她同一时间也来了一句“呃”。这对“呃”咣啷一声撞在半空中。

“抱歉。”

“对不起。”

“你刚才说——”

“你刚才说——”

“不不，你先说。”

“哦，行啦。”

我正了正领带，这是面对这个小姐养成的习惯，然后开了口：

“关于你当日的来信——”

她又红了脸，有点勉强地咽下一口三文鱼。

“你收到我的字条了？”

“是，我收到你的字条了。”

“我叫吉夫斯转交给你。”

“是，他转交给我了。所以我才收到了。”

又是一阵沉默。她明显在逃避就事论事，于是我只好硬着头皮开口。我是说，总得有人开头吧。这样也太见鬼的可笑了，像我们这种关系的一男一女面对面站着，一言不发地各吃各的三文鱼和奶酪。

“是，我收到了。”

“好的，你收到了。”

“是，我收到了。我刚刚读过。我在想，要是碰巧遇见你，有件事很想问你，就是，嗯——什么意思？”

“什么意思？”

“对，我问的就是什么意思。”

“便条写得很清楚啊。”

“啊，是。很清楚。表达什么的很通顺。不过，我说——嗨，我说，我非常荣幸啦，不过——嗨，见鬼！”

她草草吃光三文鱼，放下盘子。

“水果沙拉？”

“不了，谢谢。”

“来块馅饼？”

“不了，谢谢。”

“抹着什么胶水酱的面包片呢？”

“不了，谢谢。”

她挑了一根奶酪酥条。我发现了一只适才忽略的煮鸡蛋。然后我说：“我是说”，她同时说：“我想我明白”，这两句话又撞上了。

“抱歉。”

“对不起。”

“你先说。”

“不，你先说。”

我彬彬有礼地挥着煮蛋，示意她发言，于是她说：

“我想我明白你想说什么。你感到讶异。”

"是。"

"你在想——"

"没错。"

"——粉克-诺透先生。"

"正是此人。"

"并且觉得我的行为难以理解。"

"可不是。"

"我懂。"

"我不懂。"

"其实很简单的。"

她又吃掉一根奶酪酥条。看样子她很爱吃奶酪酥条。

"真的，很简单。我希望你开心。"

"你真善良。"

"我要把余生都献给你，只为你开心。"

"够哥们。"

"这是我起码应该做的。但是——伯弟，能不能跟你坦坦白白地说说？"

"哦，好啊。"

"那好。我不得不说，我喜欢你，并打算嫁给你，尽我所能做个好妻子。但是，我对你永远不会像对奥古斯都那样，有那种火焰一般燃烧的感情。"

"绕了这么半天，我想说的就是这个。像你说的，麻烦就麻烦在这儿。干吗不撇清嫁我这个念头？一笔勾销得了。我说，你要是爱果丝——"

"不。"

“嘿，得了。”

“真的。经过今天下午，我的爱已经死了。美好的事物给抹上了一丝丑陋，我对他的感情再也不能像从前。”

她的意思我当然明白。果丝把心抛在她脚下，她捡起来，但是一转眼就发现，原来他是喝得上头啊。这一惊可非同小可。哪个姑娘愿意人家跟她求婚前还得先把自己灌醉呢。多伤自尊哪。

虽然如此，我还是坚持不懈。

“但是你想过没有，对果丝今天下午的表现，你可能是误会了？虽然所有的证据都表示他背后动机不纯，但有没有可能，这都是他轻度中暑的结果？你知道，轻度中暑是时有发生的，尤其是天热的时候。”

她望着我，我看出“泪眼迷蒙”那一套又来了。

“伯弟，我就知道你会这样。我很感动。”

“哦，不。”

“对。你有一颗骑士一样美好的灵魂。”

“没有没有。”

“不，你有的。你让我想起西拉诺。”

“谁？”

“剑客西拉诺。”

“那个大鼻子？”

“对。”

我有点不高兴，还偷偷地摸了摸鼻梁。或许是有点偏于挺拔，但是见鬼，哪里是西拉诺级别？这姑娘接下来是不是还要把我比作大鼻子杜兰特[1]啊。

“他深爱着表妹，却努力成全她的爱情。”

“哦。原来你是这个意思。”

“伯弟，你让我好感动。你高尚——高尚而伟大。但是没有用的，爱死了就是死了。我永远忘不了奥古斯都，但是我对他的爱已经消失了。我会做你的妻子。”

这个，怎么说也要客气客气。

“行啦，”我说，“多谢。”

然后对话又扑哧熄灭了。我们默默站着，各自吃奶酪酥条和煮蛋。接下来事情如何进展，似乎有点拿不准。

万幸的是，在尴尬气氛愈演愈浓之前，安吉拉来了，于是这场会面宣告结束。巴塞特宣布了订婚的消息，安吉拉吻了她，说希望我们永结同心，巴塞特回吻，说希望对方和果丝永结同心。安吉拉说一定会的，因为奥古斯都是个大好人，然后巴塞特又吻安吉拉，然后安吉拉又回吻。总之一句话，场面婆妈，我就此溜之大吉，心里很高兴。

当然了，我本来就要溜走，因为需要伯特伦动脑筋并且是绞尽脑汁的时候到了。

我觉得末日终于来了。数年前，我曾一不留神和大皮那个可怕的表妹霍诺丽亚订了婚，那时我也只是深深地感到陷入泥潭将不久于人世，但这次不同。我踱到花园，点了一根痛苦的烟，心里坠着个铁熨斗。我陷入了一种幻觉，努力想象余生里那巴塞特一直住在我家的情形，同时——大家能理解吧——又努力不去想

1　Jimmy Durante（1893—1980），美国歌手、演员，绰号“大鼻子”。

象，这时，我一头撞到了什么东西，我以为是树，但原来不是，其实是吉夫斯。

“对不起，少爷，”他说，“我应该让到一边。”

我没说话，只是默默地看着他。看着他，我突然产生了一个新想法。

这个吉夫斯嘛，我反思道，我之前推测他不中用了，已经不复从前的本事，但是有没有可能——我扪心自问——是我想错了？派他去探探路，也许他能找到一条让我安全脱身的办法，并且不伤害谁的感情？我的答案是，大概很有可能。

毕竟，他的后脑勺仍然凸出如昨，他的眼中也依然闪烁着智慧之光。

要知道，因为铜纽扣的白色晚礼服引发的矛盾，我不太情愿把问题彻底交给他。当然，我也只打算把他拉进商讨过程。可是，想到他过去的那些壮举——西珀里事件、阿加莎姑妈与梗犬麦金疑案，还有乔治叔叔与酒吧女侍之侄女风波，这些在我心中一一闪过——我认为，至少应该给他这个机会，在危难之中为解救他家少爷出一点力。

不过，在正式开始以前，我们之间还有件事得说清楚，毫无让步余地。

“吉夫斯，”我说，“我有话要说。”

“少爷？”

“我遇到点小麻烦，吉夫斯。”

“我很遗憾，少爷。不知能否略尽绵力？”

“很可能，前提是你本领还在。坦白告诉我，吉夫斯，你的头脑还灵活吗？”

“是，少爷。”

“还吃很多鱼吗？”

“是，少爷。”

“那就好。但是我还有一点要说明白。过去，你每次帮我或者我哪位朋友摆脱小麻烦，总有个习惯，就是巧妙利用我的感激之情，达到你的私人目的。比如说紫袜子那回，还有高尔夫灯笼裤和复古伊顿鞋罩那两次。你总是狡猾地瞅准时机，趁我劫后余生、意志薄弱的时候下手，让我乖乖顺服你的意见。我现在要说的就是，要是你这回成了事，绝对不能对我那件晚礼服故技重施。”

“遵命，少爷。”

“等事情结束以后，你不会跑过来叫我抛弃礼服？”

“自然不会，少爷。”

“好，既然咱们都讲清楚了，那我说了。吉夫斯，我订婚了。”

“祝少爷与少夫人永结同心。”

“别犯傻。我的未婚妻是巴塞特小姐。”

“果然，少爷？我并不知情——”

“我也是。完全出乎意料，不过事已至此。正式通知就是你交给我的那张字条。”

“奇怪，少爷。”

“什么？”

“奇怪，那张字条的内容居然如少爷所述。我记得巴塞特小姐将字条交给我的时候，看起来并不快乐。”

“她怎么快乐得起来？你不会以为她真想嫁给我吧，啊？

嘿，吉夫斯！你难道还看不出，这还是该死的表姿态？布林克利庄园马上要被表姿态弄成地狱了，是人是牲畜都得遭殃。让表姿态都见鬼去吧，这是我的意见。”

“是，少爷。”

“好了，你说怎么办？”

“少爷认为，即使已经发展到如此地步，巴塞特小姐仍然不能忘情于粉克-诺透先生？”

“她为果丝憔悴呢。”

“少爷，如此一来，最好的办法是让他二人和好如初。”

“法子呢？你瞧。你还不是没话可说，就知道摆弄手指。你没辙了。”

“不，少爷。我摆弄手指的时候，是在努力思考。”

“那快摆弄。”

“不必了，少爷。”

“你是说，已经有门了？”

“是，少爷。”

“你太让我震惊了，吉夫斯。快说说。”

“我所想的计策，其实已经跟少爷提过一次。”

“你什么时候跟我提过什么计策？”

“请少爷回想一下抵达庄园的那天晚上。少爷十分有心，问我对安吉拉小姐和格罗索普先生分手一事有何对策。当时我冒昧建议——”

“老天爷！难不成是拉火警？”

“正是，少爷。”

“你还在坚持己见？”

“是，少爷。”

我不但没有“嗤！”一声否决这个建议，反而在认真考虑其中的可行性。由此可见我遭受了多么重的打击，以至神志不清。

他最初呈上火警方案的时候，我敏捷而严谨地审慎以对。“烂点子”，这是我当时的评语，此外，我还据此有点感伤，认为证据确凿，这个一度精明的大脑终于腐朽了。但是眼下，我突然觉得可能有戏。事实是，我已经慌不择路，什么办法都得试一试，不管多荒唐。

“我刚刚从头回想了一遍，吉夫斯，”我若有所思地说，“记得当时觉得这是发疯，不过可能有些积极因素让我给忽略了。”

“少爷当时的批评意见是，这个办法会弄巧成拙，但我认为执行起来则不然。以我之见，庄园里的住客听到火警铃声，会相信是发生了火情。”

我点点头。我跟得上他的思路。

“对，有道理。”

“据此，格罗索普先生会抢先保护安吉拉小姐，而粉克-诺透先生对巴塞特小姐也是一样。”

“这是基于心理学？”

“是，少爷。少爷也许记得，已故的柯南·道尔爵士在侦探小说中写过：福尔摩斯认为，听到火警铃声，任何人的第一反应都是保护自己最宝贵的事物。”

“我倒觉得，咱们怕是要看到大皮捧着牛肉腰子馅饼冲出来。继续说，吉夫斯，你认为这样一来就能雨过天晴？”

“经此变故，这两对年轻的恋人很难继续冷然以对。”

“你说得有可能。可是见鬼，要是咱们大半夜的去拉火警，难道不会把半数用人吓疯？就说那个女仆——是叫简吧，每次我一转弯不小心和她打个照面，她都吓得一蹦三尺高。”

“这个丫头的确神经过敏，少爷。我也注意到了。不过，只要看准时机，就能避免这个偶然事件。今天晚上，除去阿纳托以外，全体用人都要到金厄姆庄园参加舞会。”

“对了。哎，瞧我都给吓成这样了。只怕待会儿自己叫什么都给忘了。那好，咱们设想一下。哗啦啦警铃响起。果丝冲过去抱起那巴塞特……等会儿。她为什么不自己下楼？”

“少爷忘了火警突然响起时女士们的常规反应。”

“那倒是。”

“我想，巴塞特小姐的第一个念头是从窗口跳下去。”

“那就更糟糕了。咱们可不想看到她化作草地上的一摊‘漂类’[1]。依我看，你的计策有漏洞，吉夫斯，花园里怕要铺满扭曲的尸体了。”

“不，少爷。少爷不要忘了，特拉弗斯老爷因为担心窃贼，在所有窗户上都安装了坚固的防盗窗。”

“对，没错。啊，那就没问题了，”虽然这么说，但我还是有点怀疑，“有可能成功。但我有预感，大概要在哪里失足。不过我哪儿还有吹毛求疵的余地，就算是百分之一的概率我也得试试。我会照你的计策行事，吉夫斯，不过我得说，我保留顾虑。对于拉警铃的时间，你有什么建议？”

“不要在午夜之前，少爷。”

1　法语：purée，意为蔬果泥。

“也就是说，要在午夜之后。”

“是，少爷。”

“那行啦。十二点三十分整，准时行动。”

“遵命，少爷。”

第二十二章

也说不清为什么，夜幕下的乡村总让我有种异样的感觉。平时在伦敦，无论多晚出门都没问题，拎着牛奶回家，手都不抖一下。但是，换成乡间的花园，而且同伴们全员在房中就寝，大门紧锁，我的毛骨不禁有点悚然。夜风吹过，树梢微微摇晃，枝条吱呀作响，灌木丛簌簌抖动，我还没走几步，就先灭了士气，还得提防祖先的鬼魂偷偷跟在身后，呜呜哽咽。

这件事从头到尾都该死地叫人不舒服。要是你以为很快就有起色，因为马上要去拉响全英格兰最聒噪的火警铃，在宁静的安眠中的庄园引发“水龙头总动员”的恐慌，那你错了。

我对布林克利庄园的火警铃再熟悉不过了。那动静，真见了鬼。汤姆叔叔除了不待见小贼以外，一向最反对睡梦中被烤熟，所以当初买下这座庄园的时候，坚持火警应该以让人吓出心脏病为标准，但是不能叫人误以为那是常春藤里麻雀有气无力的叽喳声。

小时候放假偶尔到布林克利来，那时我们常常在打烊以后操练火灾逃生。多少个夜里，我都从无梦的安眠中惊醒，以为听到了末日号角。

坦白说，回想起这警铃的威力，我不禁心下踌躇。此时是凌晨十二点三十分，我准时守在外屋旁悬挂警铃处。看到白墙上的铃绳，想到惨然的喧嚣即将响起，打碎这夜的宁静，刚才提到的那种异样感不由得更浓了。

另外，经过这段时间的深思熟虑，我对吉夫斯的这个计策越发抱了失败主义的想法。

吉夫斯好像理所当然地以为，果丝和大皮面对惨淡的命运，心中唯一的念头就是保护那巴塞特和安吉拉。

但对他这种天真的乐观，我却无法认同。

我是说，对于男士们于危难之中的表现，我也有所了解。记得弗雷迪·韦珍，俱乐部里最英勇的一位，曾跟我讲过，有一次他在海滨度假，有一天酒店里突然响起火警，他可没有跑去保护妇女，而是十秒钟之内冲下救生梯，心心念念的只有一件事——保护弗雷迪·韦珍。

至于说救助老弱妇孺呢，他说自己倒是很愿意站在楼底下扯着被单接人什么的，仅此而已。

所以嘛，难道奥古斯都·粉克-诺透和希尔德布兰·格罗索普会有所不同?

我一边把弄铃绳，一边思考上述问题，几乎想取消计划。就在这个节骨眼，脑海中浮现出那巴塞特平生第一次听到这警铃的画面。这个全新的体验很可能吓得她一蹶不振。

这个想法顿时让我心花怒放，于是不再犹豫，一把抓紧铃绳，站稳脚跟，痛下狠手。

嗯，如前所述，我并没有期盼这铃声会多么悄无声息。果然不出所料。上次跟它打交道，我还是在房子另一头自己的卧室里，即便如此，我还是一惊之下翻下床，以为床底下爆炸了。如今近在咫尺，让我领会到了它的全部威力，可以说一辈子还没有听到什么声响可以与之媲美。

总的来说，我挺喜欢听点响动。记得有天晚上凯特猫·波特-珀布莱特搞了个警用棘轮拿到俱乐部，跑到我坐的沙发后面拉响了，我靠着沙发背，闭着眼睛，面带微笑，就像有些人欣赏歌剧那样。此外，还有那次阿加莎姑妈的公子小托，因为好奇点着了一整包盖伊·福克斯日[1]的爆竹。

但是，布林克利庄园的火警有点过了。我拽了五六下铃绳，感到如此足矣，然后踱回屋前的草坪上，考察一下具体结果。

布林克利庄园果然倾巢而出。一眼望去，我看出已经客满。我左顾右盼，时而看到汤姆叔叔穿着紫色睡袍，时而看到达丽姑妈穿着那件黄蓝睡衣。同时我的眼波还掠过阿纳托、大皮、果丝、安吉拉、那巴塞特和吉夫斯，排名分先后。都在了，如数到齐。

可是——让我顿觉不妥的是，我看不出一点英雄救美的迹象。

当然，我想的是这样一幅场景：这边厢，大皮对安吉拉关怀备至，那边厢，果丝拿着条毛巾给那巴塞特扇风。可实际上呢，那巴塞特加上达丽姑妈和汤姆叔叔这组正起劲儿地劝慰阿纳托往好的方面想，而安吉拉和果丝两人，一个倚着日晷一脸不高兴，另一个坐在草地上，揉着擦破了皮的胫部。大皮则独自一人在小径上徘徊。

不得不承认，场面让人苦恼。我把吉夫斯叫到身边，稍显

1 即十一月十五日。每逢盖伊·福克斯日（或称篝火之夜），会点燃象征其人的草人、燃放爆竹烟花庆祝。

强硬。

“怎么样，吉夫斯？”

“少爷？”

我严厉地看着他：“少爷？”个头！

“吉夫斯，你叫少爷也没用。看看周围，自己瞧瞧。你这计策破产了吧？”

“的确，似乎事情并没有按照我们预期那样发展，少爷。”

“我们？”

“是我的预期，少爷。”

“这还差不多。我是不是跟你说过没门？”

“记得少爷的确表示抱有异议。”

“异议这个词不足以形容，吉夫斯。我从一开始就对这个办法完全不抱信心。你第一次呈给我的时候，我就说是烂点子，果然没错。我不是怪你，吉夫斯。这也不是你的错，谁让你脑子不灵光了呢。但是从此以后——希望你听了别伤心，吉夫斯——我心里有谱了，除了最简单最基本的问题，一律都不交给你。咱们还是开诚布公的好，你说呢？最好是要有话直说，不拐弯抹角？”

“自然，少爷。”

“我是说，像手术刀，啊？”

“千真万确，少爷。”

“我想——”

“少爷，抱歉打断少爷的话。我想特拉弗斯夫人有话跟少爷说。”

就在这时，一声震天响的“哟吼”传来，来源只有一个，即刚提到的那位亲戚。由此我知道吉夫斯的看法是对的。

“过来一下，阿提拉，劳烦你了。”那个众所周知的——在某些情况下，也是备受喜爱的——声音轰鸣道。我移步上前。

我不是没有一点担忧的。刚刚才意识到，我其实没有什么圆满的借口来解释半夜拉警铃的可疑行为，而且即使是被小得多的事儿惹到，达丽姑妈表达起来也毫不保留。

但是，她没有任何暴力动作，反而镇定得冷若冰霜，我的意思大家能懂吧。可以看出，这位夫人是经历了一番苦难的。

“啊，伯弟，亲爱的，”她说，“大伙都在呢。”

“是。”我警惕地回答。

“不缺谁吧，嗯？”

“我看不缺。”

“太好了。大伙都出来透透新鲜空气，多健康，总比躺在床上不通风好。我刚刚睡着，你那警铃就拉响了。亲爱的宝贝，拉警铃的是你，没错吧？”

“警铃是我拉的，没错。”

“是出于什么打算，还是一时兴起？”

“我以为着火了。”

“为什么会这么以为呢，亲爱的？”

“我以为看到火光了。”

“哪里，亲爱的？跟达丽姑妈说说。”

“就是有扇窗户里。”

“我明白了。所以我们被揪下床吓个半死，都是因为你看到幻觉了。”

汤姆叔叔发出一种拔瓶塞的声音，阿纳托的小胡子垂出了新纪录，喃喃说了句“大笨蛋”，要是没听错的话，还有一句“rogommier”——也不知道什么意思。

“我承认看错了。对不起。”

“别道歉，宝贝儿，我们多开心啊，这还看不出来？话说回来，你在外面干什么呢？”

“就是散散步。”

“这样啊。你是不是打算继续散下去？”

“不了，我还是进屋吧。”

“那好。因为我也正想进屋呢。有你在外面待着，况且你想象力还这么丰富，我怎么睡得踏实？说不定你一会儿又看到客厅窗台上有一只粉红色的小象，开始冲人家扔砖头……好了，来吧，汤姆，看来演出结束了……等一下。水螈王子好像有话要说……怎么了，粉克-诺透先生？”

果丝走过来加入我们的小分队，似乎忧心忡忡。

“我说！”

“说吧，奥古斯都。”

“我说，咱们怎么办啊？”

“别人不知道，反正我是打算回房睡觉。”

“可是门锁了啊。”

“什么门？”

“大门啊。不知道让谁给锁上了。”

“那我去开。”

“打不开。”

“那我去开别的门。”

“所有的门都给锁上了。”

“什么？谁锁的？”

“不知道。”

我提出一个理论：

“是风？”

达丽姑妈和我四目相对。

“别添乱了，”她央求道，“别在这时候，宝贝儿。”的确，我刚说完，就感觉到空气里没有一丝风。

汤姆叔叔说看来我们只好爬窗户了。达丽姑妈叹了口气。

“怎么爬？让劳合·乔治首相来？让温斯顿来？还是让鲍德温首相来？都不行。谁让你装了那些防盗窗。”

“哎，行啦。上帝保佑，那按铃吧。”

“火警铃？”

“门铃。”

“干吗按铃，托马斯？屋里又没人。用人全都去金厄姆了。”

“哎呀，该死，咱们可不能在外面待一晚上。”

“不能？等着瞧。只要咱们乡下聚会上有阿提拉在此，那没有什么——千真万确——是不可能的。我想后门钥匙赛平思带在身上呢。咱们大伙只好自娱自乐打发时间，等他回来咯。”

大皮提出一个建议：

“可以开车去金厄姆，问赛平思拿钥匙，你们说呢？”

反响不错。没有疑议。达丽姑妈一直拉长的脸上第一次浮现出笑容，汤姆叔叔咕哝了一声表示赞许，阿纳托说了一句普罗旺斯话，听着像夸奖。我觉得就连安吉拉的神色也柔和了一点。

“真是好主意，”达丽姑妈说，“太聪明了。立即奔向车库。”

大皮动身以后，他的智慧和手腕得到了广泛称颂，此外还有一些居心叵测之人把他和伯特伦作对比。我听了当然很受伤，不过痛苦没有持续多久，估计不出五分钟，大皮就回来了。

他显得烦躁不安。

“我说，没戏。”

“怎么了？”

“车库锁着呢。”

“打开呀。”

“我没有钥匙。”

“那就喊沃特伯里，把他叫醒。”

“谁？”

“司机啊，笨蛋。他就住在车库二层。”

“他不是去金厄姆跳舞了吗？”

这是致命一击。达丽姑妈一直努力维持冷若冰霜的镇定，这下大坝终于决堤了。岁月滚滚逆流而过，只见她变身成当年那个“唷嘞——咦呵”的达丽·伍斯特，那个感情用事、不平则鸣的大小姐。多少次，她踩着马镫从马背上站起身，冲赶猎狗的人发出怒吼，吐露大不敬之言。

“让这帮只知道跳舞的司机都下地狱！你一个司机，跳什么舞啊？我从一开始就觉着这人不可靠。直觉告诉我，他像会跳舞。这下好了，咱们就在这儿一直等到吃早饭吧。这群可恶的用人，要是八点之前能回来，我可要大失所望。赛平思跳起舞来，除非有人把他扔出大门，否则决不罢休。他什么样我一清二楚。他着了爵士的魔，没完没了地鼓掌，也不怕把手鼓出水泡。让这帮只知道跳舞的管家都下地狱！把堂堂一个布林克利庄园当成什么了？到底是规规矩矩的乡间庄园，还是该死的舞蹈学校？咱们干脆搬到俄罗斯芭蕾舞团里去住得了。哎，算了。要是注定困在外面，那还有什么办法。咱们都等着冻成冰块吧，除了——”说到此处她向我投了一个算不上友好的眼神——“除了亲爱的阿提拉，我看到他穿得倒是很暖和。咱们认命了，估计都得冻死，像故事里的森林弃婴，临死前的遗愿就是希望亲爱的阿提拉能给咱们盖上一层叶子[1]。他无疑还要鸣起火警，以示凭吊——你又想干吗，好伙计？”

她住了口，盯着吉夫斯。在她独白的后一段，吉夫斯一直恭恭敬敬地望着她，希望吸引她的注意力。

“夫人，我斗胆提个建议。”

在我们旷日长久的相处中，我对吉夫斯并不是一贯抱持赞同的态度。他性格中有些缺点，常常引发主仆之间的冷战。他是那种人，就是给他点什么，他就那什么。很多时候显得不够成熟，而且我还听他说我是“智力上乏善可陈”。我曾不止一次不得不费心履行责任，粉碎他的骄傲情绪，免得他把他家少爷当作奴隶或者小听差使唤。

这些缺点都属严重。

但是他有一个长处，我却从来不怯于否认。他有种魔力，似乎总能让人安下心来，像催眠似的。据我所知，他从来没遭遇过进攻的犀牛，但是这种情况如果真有发生，我相信这畜生一接触他的眼光，就会欲迈而止，打个滚，四蹄朝天，呼噜呼噜地撒起

1　出自英国传统民间故事，两个孩子被遗弃在森林遭谋杀，死后知更鸟衔来树叶盖在他们身上。

娇来。

总而言之，达丽姑妈息怒了——她几乎可以媲美进攻的犀牛——前后还不到五秒钟。其实吉夫斯也只是摆出恭恭敬敬的站姿而已。虽然我没有掐时间，因为秒表没带在身边，但我敢说，总共不出三秒又四分之一，达丽姑妈的整个精神态度就惊人地好转了。她在我们眼皮底下融化了。

“吉夫斯！你有办法了？”

“是，夫人。”

“你那了不起的大脑一如既往，在危机之中恍然大悟了？”

“是，夫人。”

“吉夫斯，”达丽姑妈声音发颤，“对不住，刚才出言鲁莽，一时情急不能自已。我早该知道，你不可能只是想插句话而已。吉夫斯，快告诉我们你想到什么办法，加入我们这个小小的智囊团，让大伙听听你的想法。吉夫斯，不要拘礼，快说说有什么好消息。你真有办法把我们拉出这个火坑？”

“是，夫人。只要哪位先生自告奋勇骑自行车。”

“自行车？”

“菜园的园丁棚子里有一架自行车，夫人。也许某位先生有意骑车到金厄姆庄园，问赛平思先生取得后门钥匙。”

“聪明，吉夫斯！”

“多谢夫人。”

“天才，吉夫斯！”

“多谢夫人。”

“阿提拉！”达丽姑妈转过脸，声音变得很轻，不怒自威。

我早知不妙。那几句有欠考虑的话从那家伙口中一说出来，我就有种不祥的预感，知道大家肯定要齐心协力推选我作替罪羊。我挺起胸膛，准备奋起反抗并百般阻挠。

我还在组织雄辩滔滔的措辞，指明我不仅不会骑自行车，而且在目前的有限时间内不可能掌握其技巧，正要开始行动，可倒霉的是，那家伙又抢先一步，把我扼死在襁褓里。

“是，夫人。伍斯特少爷将出色地完成任务。他是自行车能手，也常常向我炫耀自己在轮上的风采。”

我没有。我压根也没炫耀过。太可怕了，一个人的话居然能遭如此曲解。我也就是跟他提过——那天我们在纽约街头观看为期六天的自行车赛，我只把这事儿当成趣闻，随口说说而已——十四岁那年放假的时候，家里安排我去一个好像牧师的什么人家里学拉丁，那期间我在当地学校的活动中赢了唱诗班障碍赛。

这和“炫耀自己在轮上的风采”完全是两码事。

我是说，他也算见多识广，肯定知道学校活动本质上就没什么竞争力。此外，要是没记错的话，我还跟他强调过，在那次事件中，人家给了我半圈的优势，此外，那场比赛的大热门威利·潘廷不得不退出，因为他偷偷拿了哥哥的工具而事先没有征得哥哥同意，他哥哥在发令枪刚打响的节骨眼赶来，冲着他脑袋就是那么一下，还把车子也收走了，于是他未能出场，功亏一篑。可是听吉夫斯那么一说，还以为我就是那种穿着运动衣，浑身奖牌的家伙，照片时不时地出现在图文并茂的新闻上，什么从海德公园角一路骑到格拉斯哥，耗时三秒钟之类的。

但是好像嫌这还不够似的，大皮也掺了一脚。

“没错，”大皮附和道，“伯弟一向是个自行车高手。记得在牛津的时候，每到赛艇比赛的祝捷晚宴上，他总是脱了衣服，骑着车子在四方院子里兜圈子，高唱滑稽小调。而且他还骑得飞快。”

“那他现在也能骑得飞快，”达丽姑妈起劲儿地说，“对我来说怎么都不够快。喜欢的话也可以唱唱滑稽小调……而且要是你希望脱了衣服呢，伯弟乖宝贝，那千万别客气。不管你是穿着还是光着，也不管你唱滑稽小调还是不唱滑稽小调，行动起来。”

我终于不哑巴了。

“可我都多少年没骑过了。”

“那正好该练练。”

“我都不会骑了。”

“你很快就能想起来，摔一两跤就好了。失败是成功之母，这是必经的过程。”

“可是金厄姆有好几英里远呢。”

“所以呀，你早去早回。”

“可我——”

“好伯弟。”

“可我，该死——”

“乖伯弟。”

“嗯，可，该死——”

“亲亲伯弟。”

于是就这样定了。不一会儿，我就由吉夫斯陪同，黯然穿过夜色，达丽姑妈在背后喊话，什么把自己想象成向艾克斯报捷的战士。我还是第一次听说有这么一号人。

“哼，吉夫斯，”我们走到棚屋前，我的声音冰冷而苦涩，“瞧你那妙计办了什么好事！大皮和安吉拉、果丝和那巴塞特还是互不理睬，而我呢，有八英里路要骑——”

“我想是九英里，少爷。”

“——有九英里路要骑，然后还有九英里路骑回来。”

“很遗憾，少爷。”

“现在遗憾有什么用？那可恶的破车子在哪儿呢？”

“我这就去取，少爷。”

他照做了。我很不满意地打量那玩意儿。

“灯呢？”

“恐怕没有灯，少爷。”

“没灯？”

“是，少爷。”

“没灯我还不摔个半死？万一撞到什么呢？”

我打住话头，冷冰冰地瞪着他。

“你笑了，吉夫斯。你觉得我很幽默是吗？”

“抱歉，少爷。我只是想到小时候西里尔伯伯曾经给我讲过一个故事。是个很荒唐的小故事，少爷，但是不能否认，当时我觉得很好笑。西里尔伯伯说，有两个人，一个叫尼克斯，一个叫杰克松，他们骑着双人自行车去布莱顿，路上不幸撞上了酿酒厂的货车。救援赶到事故现场时，发现两个人遭遇强力被挤成一团，已经无法将他二人完好地分开。无论鉴别力多强，也分不清哪部分残骸是尼克斯，哪部分是杰克松。于是他们尽可能地搜集，将二人合称‘尼克松’。记得小时候听到这个故事，我笑得非常开心，少爷。”

我不得不稍事沉默，努力控制情绪。

“哦，是吗？”

“是，少爷。”

“你觉得好笑吗？”

“是，少爷。”

“你西里尔伯伯也觉得好笑？”

“是，少爷。”

“天啊，你们家都什么人！下次见到你西里尔伯伯，吉夫斯，替我告诉他，他的幽默感不健康，叫人不快。”

“他已经过世了，少爷。”

“感谢老天……呃，把那死玩意儿拿过来吧。”

“遵命，少爷。”

“车胎打好气了？”

“是，少爷。”

“螺丝都拧紧了，车闸没坏，差速齿轮的链轮都平稳运转？”

“是，少爷。”

“行啦，吉夫斯。”

据大皮所言，在牛津大学的时候，我曾以在学院四方广场裸骑自行车而著称。不可否认，他所言非虚。但是，虽然他说的都是事实，但他并没有说出全部的事实。他忽略未提的是，我几乎每次都无一例外地加足了“乙醇油”，这种情况下当事人总是会做出一些壮举，而头脑冷静的时候，理性是要反对的。

在酒精的刺激下，我相信，还有人去骑鳄鱼呢。

眼下，我踩着脚蹬，踏入广阔的大千世界，如寒冰般清醒，因此，当年的技艺彻底弃我而去。车子晃荡得厉害，以前听过的那些令人胆寒的自行车事故全部涌上心头，第一个涌上来的就是吉夫斯的伯伯西里尔口中关于尼克斯和杰克松的小笑话。

我在黑暗中踽踽独行，觉得像吉夫斯的西里尔伯伯这种人，心态完全不可理喻。他怎么会觉得这种灾难事故好笑呢？那可是白白葬送了一条人命啊——好吧，至少是甲的半条人命和乙的另半条人命——我真的没办法理解。对我来说，这是我所听到的最沉痛的一出悲剧了。本来我还会继续思考上很长一段时间，要不是注意力被转移——我不得不一个急转弯，画出一个“之”字形，这才免于和航道上的一头猪相撞。

有那么一瞬间，我以为尼克尔与杰克松事件又要重演，侥幸的是，我这厢一个敏捷地横撇，同时猪那厢一个灵活地右捺，我才得以顺利通过，毫发无损地继续前进，只不过心里一阵扑通扑通，像笼中的鸟儿。

这次大难不死，我的神经受到了极大震动。大晚上的居然有猪群漂泊在外，这让我深刻意识到这场行动凶多吉少。我由此想到，一个人在熄灯以后骑着两轮车，而且还是没有灯的情况下，各种事故都有可能，特别是我想起有个哥们儿跟我讲过，在乡下某些地方，有些山羊喜欢晃荡到路上，直到把链子抻直了为止，由此设立出一个巧妙的机关。

我记得他举例说，他有个朋友的车子给山羊链子缠住了，结果被拖出七英里——像瑞士马拉雪橇——自那以后他彻底变了个人。还有一个老兄撞到一头大象，那是从马戏团里跑出来的。

的确，概括来说，我觉得除了不会被鲨鱼咬，几乎所有能上头条的灾难事故都可能遇上，谁叫你受了亲友的鼓动，不顾自己敏锐的判断力，爬上脚踏车，踏入神秘的未知世界；而且我也并不羞于承认，大体看来，从这一刻起，我的畏缩心理也愈演愈烈，颇为壮观。

尽管如此，在山羊和大象两方面，不得不说，事情是出乎意料地顺利。

真奇怪，我哪样也没遇上。不过这话都说了，也就等于说尽了一切。因为除了这一项还好，其余一切情况都糟到不能再糟。

除了要时刻留意大象，导致心情没法放松，我发现犬吠也让我紧张万分。还有一回被吓了个半死，当时我驻足研究路标，发现上头蹲着一只猫头鹰，长得跟阿加莎姑妈一模一样。此时我已经焦虑到如此程度，以至于以为那真是阿加莎姑妈，幸好，经过理智的反思，我意识到爬上路标蹲在上头不符合她的习惯，想到此处，我才又振作精神，克服了一时的软弱。

简而言之，心理上的不安，再加上比较纯粹的身体上的痛苦——这主要集中在那较有弹性部位以及小腿和脚腕处，最终瘫软在金厄姆庄园大门口的这个伯特伦·伍斯特，已经和邦德街以及皮卡迪利那个无忧无虑的“不乐哇儿地爷[1]”判若两人。

就是不知道内情也能发现，金厄姆庄园今天晚上很有点声势浩大。窗子上灯火通明，音乐声不绝于耳，再走近一点，就能分辨出错杂的脚步声：有管家、门房、司机、客厅女侍、清洁女佣、厨房丫头，无疑还有厨子，大家都忙着翩翩起舞。我觉得最贴切的形容莫过于那句“夜色是狂欢的喧嚣[2]”。

狂欢是在一层举行的，房间落地窗正对着车道，我此刻就正

1　法语：boulevardier，意为花花公子。

2　引自拜伦《查尔德·哈罗德游记》（*Childe Harold's Pilgrimage*, 1812—1818）。

朝那些落地窗进发。乐队奏的不知是什么曲子，节奏感十足，要是在平常，我敢说双脚就要忍不住跟着旋律舞动，不过我还有重任在身，可不能在石子路上先踢踏起来。

我要的是那把后门钥匙，而且是马上要。

我环顾舞会众生，一时间却找不到赛平思。不过很快他就进入视线，那姿势是优雅灵活得令人瞠目。我“嘿赛平思”了几声，但是他正专注手头的工作，无心他顾，直到他踩着节拍转到我食指可以戳到的范围内，我在他肋下迅速一点，这才引起了他的注意。

这出乎意料的一击让他被舞伴绊了一下，他异常严肃地转过身。等他认出是伯特伦，冷漠消失了，取而代之的是惊讶。

“伍斯特少爷！”

我没心情跟他拐弯抹角。

“少来少爷，快来后门钥匙，”我简明扼要地说，“把后门钥匙给我，赛平思。”

他似乎没能领会要点。

“后门钥匙，少爷？”

“没错。布林克利庄园的后门钥匙。”

“留在庄园啊，少爷。”

我啧啧两声，老大不高兴。

“别开玩笑，亲爱的管家，”我说，“我蹬着脚踏车骑了九英里，可不是来听你讲笑话的。就在你裤子口袋里。”

“不，少爷，我交给吉夫斯先生了。”

“你——说什么？”

“对，少爷。我来之前，吉夫斯先生说晚上休息前想在花园里散散步。他说过后会把钥匙留在厨房的窗台上。”

我呆望着他。只见他眼光清澈，手也很稳。完全不是管家多喝了几杯的模样。

“你是说，钥匙一直握在吉夫斯手里？”

“是，少爷。”

我没再多言。情绪激动之下我说不出话来。我备感失落，脑筋转不过来，但是有一件事几乎可以确定。出于某种原因——虽然一时想不出，但是一蹬上这可恨的缝纫机，我肯定有充分的时间思考，直到骑完九英里寂寞的乡间小路，进入他的攻击距离——吉夫斯故意使诈。他知道自己可以随时解决问题，但是却让达丽姑妈等人在门前草地上过夜，而且还是“得砸必耶[1]”。更可恶的是，他袖手旁观，漠然看着自家少主人踏上根本没有必要的十八英里自行车之旅。

我真不敢相信。他西里尔伯伯倒是可能。以西里尔伯伯那种扭曲的幽默观，很可能做出这种行为。可吉夫斯怎么会——

我跨上鞍座，这青肿之躯一碰到硬皮革，一声惨叫差点冲口而出，我忍住尖叫，开始了漫漫归途。

---

1 法语：en déshabille，意为着睡衣。

第二十三章

记得吉夫斯有一回说过——我忘了当时讨论的是什么话题来着，不过他有时候会莫名其妙地发表感慨，留给我琢磨——地狱之怒火比不上受羞辱的女人。在今天晚上之前，我一直觉得此言颇有道理。我是从来没有羞辱过哪个女人，不过胖哥·托森顿曾经羞辱过他姑妈。他二话不说就拒绝到帕丁顿接她儿子杰拉德、请他吃午饭、再送他去滑铁卢上学。后来他姑妈就跟他没完没了了。有信——他说那内容不亲自读你都不信，还有两封措辞极其严厉的电报，外加一张语带挖苦的风景明信片，上面印的是小切伯里战争纪念碑。

所以说，在今天晚上之前，我从来没有质疑过这句话的真实性。受羞辱的女人名列榜首，其余的靠边站，这是我的一贯看法。

但是今天晚上，我的观点变了。要是想知道地狱之火究竟是怎么烧的，那就去找那个被连哄带骗推上自行车，经历了一段漫长而毫无必要的骑行，而且是在黑暗中，而且还没有灯的家伙。

注意“毫无必要”这个词。我感到心里灌了铅，主要是为这个。要是孩子得了喉头炎需要找医生，或者酒窖空了需要到当地酒馆寻找补给，我肯定二话不说跨上鞍座。绝对是小洛金伐尔[1]。可是我这次活受罪，仅仅是为了满足某私人男仆扭曲的幽默感，这实在过分，我从头到尾生了一路子的气。

我是说，虽然保佑好人平安的老天让我得以顺利到家，毫发无伤——除了较有弹性的部位——一路上为我除掉山羊大象甚至是长得像阿加莎姑妈的猫头鹰，但是，最终停靠在布林克利大门前的伯特伦还是眉头紧锁、心怀不满。我看到门廊中一个黑影出来迎接我，于是准备放任自己，打开思想的瓶塞，释放全部怒气。

“吉夫斯！”我说。

“是我，伯弟。”

这声音很像暖和的糖蜜，即使不能立刻认出这是那巴塞特，也能猜到这并不是我急于对质的人。原因呢，就是我眼前的这个人影穿着一件粗花呢裙子，而且还对我直呼其名。而吉夫斯呢，不管他德行如何不检，却决不会套上裙子喊我伯弟。

当然，在鞍子上度过了漫长的一夜，我最不想见的人就是眼前这位，但尽管如此，我还是屈尊俯就，礼貌了一句“嗨”。

一时间都没有话说，我趁这工夫按摩小腿。我自己的，当然啦。

“这么说你们进屋了？”我是指她换了行头。

“啊，对。你走后大概十五分钟吧，吉夫斯四处搜寻，最后在厨房窗台上找到了后门钥匙。”

“哈！”

1　司各特叙事诗《马密恩》（Marmion, 1808）中与情人私奔的著名人物，1924年曾改编成同名电影。

“什么？”

“没什么。”

“我以为你说话了。”

“没，我没说。”

接下来也如此。因为这会儿又恢复了我和这位小姐独处的常规状态，谈话郁郁不得语。夜风低语，但这巴塞特没有。鸟儿啁啾，但伯特伦吱也没吱一声。真不可思议，只要她一出现，我似乎就完全说不出话来——说起来，可能我对她也是一样。看样子，我们以后的婚姻生活会像缄口不语的苦行僧。

“看到吉夫斯了吗？”我终于忍不住开口。

“嗯，他在餐厅里。”

“餐厅？”

“照顾大家就餐。他们在吃火腿鸡蛋，还有香槟……你说什么？”

我什么也没说，不过就是哼了一声。这些人快活地大吃大喝，心里又明明知道我可能惨遭山羊拖拽或者大象咀嚼，一想到这儿，我感到好像中了一记毒箭似的。这种情形，常常见于描述法国大革命前夕的书籍：高高在上的贵族待在城堡里，麻木不仁地狼吞虎咽埋头痛饮，而苦命的人儿就在外面挨饿受冻。

巴塞特打断了我尖刻的思索。

“伯弟。”

“哎！”

沉默。

“哎！”我重复了一遍。

没有回音。感觉好像在讲电话，你这边拿着话筒不断“哎！

喂！”，不知道对方其实跑去喝茶了。

最终，她还是浮出水面来。

“伯弟，我有件事要跟你说。”

“什么？”

“我有件事要跟你说。”

“知道。我问你什么。”

“哦。我以为你没听见呢。”

“我听见了，就是不知道你想说什么。”

“哦，这样啊。”

“行啦。”

这件事就这么说清楚了。但是，她没有说下去，反而又歇了一气。她绞着手指，脚还在石子路上来回蹭。等她再次开口，可谓出口成章。

“伯弟，你读过丁尼生吧？”

“除非不得已。”

“你总让我想起《国王叙事诗》里的圆桌骑士。”

当然我听说过这些人，兰斯洛特啊，加拉哈德啊什么的，但我看不出自己和他们有什么相似之处。我猜她想说的其实是别的什么人。

“什么意思？”

“你的心灵是那么伟大，灵魂是那么高洁。你慷慨无私，一派侠义心肠。我一直觉得你——你是我遇见的为数不多的侠士。”

嗯，这真是叫人不知如何接口——听到人家这般恭维自己。我喃喃地接了一句“啊，是吗？”或者诸如此类的话，同时有点尴尬地伸手揉了揉较有弹性的部位。接着是一阵沉默，然后一声号叫打断了沉默，因为我揉得有点过于用力。

“伯弟。”

“哎！”

我听到她咕嘟一声。

“伯弟，你能不能再做一回侠士？”

“好啊，乐于效劳。你是指什么？”

“我对你的这个请求，是最难的请求。我给你的这个考验，几乎是前所未有的考验。我要你——”

听着很不妙。

“哦，”我含糊地说，“我是乐于效劳，你知道，不过我刚骑着该死的自行车一个来回，现在觉得有点浑身酸痛，尤其是那里——就是有点浑身酸痛。要是你想让我上楼帮你拿东西——”

“不，不是，你没懂。”

“是，对，没懂。”

“哎，真是难以启齿……叫我怎么说才好……难道你猜不出？”

“猜得出才是见鬼了。”

“伯弟——放开我！”

“我没抓着你啊。”

“让我走！”

“让你——”

突然间我醒悟了。估计是太疲惫，所以在理解上有点迟缓。

“什么？”

我一个站立不稳，结果左脚蹬一转，打在我胫部。但是此刻我心里一阵狂喜，连疼都没叫一声。

“让你走？”

“是。”

这个问题容不得一点含糊。

“你是说你反悔了？你还是要跟果丝走？”

“如果你高尚又伟大，能同意的话。”

“啊，我同意。”

“我当初许诺过你。”

“让许诺见鬼去吧。”

“那，你真的——”

“绝对。”

“哦，伯弟！”

她左摇右晃，像个小树苗。我想左摇右晃的是小树苗吧。

“完美的骑士！”她喃喃地说。此后再也没话可说，于是我向她告退道，我背上背着两袋子灰，想去叫丫鬟帮我换件宽松的衣服。

“你去找果丝吧，”我说，“告诉他一切顺利。”

她好像嗝了一声，然后突然探过身子，在我额头上吻了一下。自然，这叫人好不舒服，不过，套用阿纳托那句话，这也没什么大不了的。之后，她回她的餐厅，而我呢，把自行车往灌木丛里一摔，就上楼回房。

我精神抖擞，不容赘述，那是可想而知的。就好比脑袋都伸进了套索，行刑的正要下手，这时有个身影疾驰而来——那马累得口吐白沫——手里挥舞着特赦令。但这也不足以形容我的心情。只能这么说：我穿过大厅，感到胸中对万物产生了广阔的包容，甚至对吉夫斯也抱持了一份仁心。

我正要上楼，身后突然传来一声“嘿”。我转过身，看到大皮正站在大厅里，一定是去地窖取补给来着，因为他胳膊下夹着几个瓶子。

“嗨，伯弟，”他说，“回来了？”他开心地大笑。“你好像启明星号的残骸[1]。是被蒸汽压路机碾过还是怎么着？”

要是在别的时候，我肯定不会受他这种恶劣的揶揄。但是因为心情大好，我摆摆手，放他一马，开始向他通报好消息。

“大皮老兄，那巴塞特要嫁给果丝·粉克-诺透了。”

“这两个人都有得受了，啊？”

“你没明白？难道你看不出？这就是说，安吉拉恢复了自由身，你只要小心出牌——”

他大吼一声，好不快活。看得出他气色不错。其实一见之下我就看出一些端倪，不过当时以为那是酒精的刺激作用。

“老天！你也太跟不上形势了，伯弟。当然了，这是必然结果，谁叫你大半夜地跑去骑什么自行车。我和安吉拉早几个小时就讲和了。”

“什么？”

“当然了，就是闹点小情绪嘛。这种情况呢，只要一人让一步就解决了，双方都通情达理一点。我们已经讲清楚了，她收回我的双下巴，我承认她的鲨鱼。就这么简单，几分钟就搞定了。”

“可是——”

1　出自朗费罗长叙事诗《启明星的沉没》（*The Wreck of the Hesperus*, 1842）。

“对不住，伯弟，没法在这儿跟你聊一晚上。主人在餐厅里款待大伙儿，闹得可厉害，大家还等着我的补给呢。”

这个说法立刻得到了证实。只听上述房间突然传来一声大喊，我分辨出——谁能分辨不出呢——是达丽姑妈的嗓音。

“格罗索普！”

“哎！”

“快点拿过来。”

“来了来了。”

“那来呀。唷吼！冲啊！”

“呔嗬，更不用说唷喂了。你姑妈，”大皮说，“有点兴奋过度。我不大了解来龙去脉，似乎是阿纳托本来想请辞，现在同意留下来了，还有，你姑父给她那份杂志开了张支票。细节我不清楚，不过你姑妈她是心情大悦。回见了，我得赶快回去。”

要说伯特伦现在是彻头彻尾的大惑不解，那不过就是说了实话。我完全摸不着头脑。离开的时候，布林克利庄园还是一派萧瑟，目光所及全是滴血的心，但一回来，发现这里好像变成了人间天堂。可难倒我了。

我稀里糊涂地泡澡。那只橡皮鸭还摆在肥皂盒里，但是我心事重重，顾不上它。洗完澡，我若有所失地回到房间，总算看到了吉夫斯。我心中一片迷惑，因此对他的第一句话不是责备和严厉的反诘，而是疑问：

“我说，吉夫斯！”

“晚上好，少爷。听说少爷回来了。相信少爷的骑车之旅非常愉快。”

要是在别的时候，这种玩笑肯定要唤醒伯特伦·伍斯特心中的恶魔。但我过耳便忘，因为一心要把谜题揭开。

“我说，吉夫斯，什么名堂？”

“少爷？”

“到底怎么回事？”

“少爷指的是——”

“我指的当然是。你知道我什么意思。我走之后发生了什么事儿？怎么满地都是大团圆结局啊？”

“是，少爷。我的努力得到了回报，心里很宽慰。”

“什么意思，你的努力？你是想狡辩说，这都是因为拉火警那个烂点子？”

“是，少爷。”

“别傻了，吉夫斯。明明破了产的。”

“并不完全是，少爷。少爷请见谅，关于拉火警这个建议，我并没有完全坦白。我所预想的并不是凭借拉火警本身来获得预想的结果，这只是序幕而已。真正的所谓好戏是在后头。”

“什么乱七八糟的，吉夫斯。”

“不，少爷。先决条件就是让各位小姐先生来到室外，以便保证他们在门外逗留到必要的时间为止。”

“什么意思？”

“我的计划基于心理学，少爷。”

“怎讲？”

“少爷，众所周知，如果某些人不幸发生争执，那么最有效的解决办法是创造同仇敌忾的环境。冒昧借用自家的例子，在我家中有一条公认的准则，那就是每当家庭不睦，只要邀请安妮姑妈来家中做客，就能叫其余所有家庭成员化解心中的怒气。由于安妮姑妈所引起的公愤，原本失和的各位总能立刻握手言和。想到此处，我突然意识到，这个人就是少爷：各位先生小姐会认为，是少爷害他们不得不在花园过夜，因而对少爷产生强烈的怨愤，一旦产生这种共鸣，他们迟早会团结一心。”

我想插话，但他还没说完：

“事情果然如我所料。少爷已经看到，现在一切圆满。在少爷骑车离开以后，失和诸方一致痛快地对少爷口出恶言，于是——借用一个比喻——冰消雪化。没过多久，格罗索普先生就同安吉拉小姐在树下并肩散步，分享少爷大学生涯以及童年的趣闻，而粉克-诺透先生则倚着日晷，向巴塞特小姐讲述少爷学生时代的轶事，对方听得津津有味。同时，特拉弗斯夫人则向阿纳托叙述——”

我总算想到了说辞。

“哦？”我说，“我明白了。我猜根据你那什么见鬼的心理学，达丽姑妈对我恨得牙痒痒，我多少年都别想在这露脸了——多少年啊，吉夫斯，而日复一日，阿纳托将烹制出他那——”

“不，少爷。正是为了避免这种情况，我才建议由少爷骑车去金厄姆庄园。在我通知各位先生小姐钥匙已经找到的时候，大家意识到少爷将无功而返，因此敌意立刻消失，取而代之的是怡然之情。大家尽情欢笑。”

“呵，是吗？”

“是，少爷。恐怕少爷可能受到了一些并无恶意的责备，但仅此而已。也许可以说，一切都得到了原谅，少爷。”

“哦？”

“是，少爷。”

我一阵思索。

“看起来你的确把问题解决了。”

“是，少爷。”

“大皮和安吉拉又成了一对儿。还有果丝和那巴塞特。汤姆叔叔好像也给《香闺》掏了腰包。还有阿纳托也会留下来。”

“是，少爷。”

“可以说是皆大欢喜吧。”

“十分贴切，少爷。”

我又一阵思索。

“话虽如此，你的手法还是有点不讲究，吉夫斯。”

“俗话说，要炒蛋就得打破蛋，少爷。”

我一惊。

“炒蛋！能不能给我弄一份？”

“当然，少爷。”

“顺便再拿半瓶喝的？”

“自然，少爷。”

“照办吧，吉夫斯，速去速回。”

我爬上床，倚在靠枕里。坦白说，我那冲冲的怒气有一点消减。虽然浑身上下没有一寸不痛，尤其是中间那部分，但另一方面，我也不用娶玛德琳·巴塞特了。为了有益的事业，受点苦也是心甘情愿。对，无论从哪个角度看来，吉夫斯都处理得面面俱到。因此，我以一个赞许的笑容迎接他带来急需品。

他没有响应我的笑容，反而有点忧心忡忡的，于是我关怀备至地打破砂锅问到底：

“有心事，吉夫斯？”

“是，少爷。我早该报告，但是今天晚上的变动让我一时忘记提起。恐怕我办事不利，少爷。”

“怎么了，吉夫斯？”我心满意足地嚼开去。

“是有关少爷的白色晚礼服。”

一种无名的恐惧席卷而来，害得我一大口炒蛋噎在喉咙里。

“很抱歉，少爷，今天下午在熨烫这件衣物的时候，我一时大意，忘了及时取下烧热的熨斗。恐怕少爷以后再也无法穿出去了。”

那种意味深长的沉默笼罩了房间。

“异常抱歉，少爷。”

坦白说，有那么一会儿，我那冲冲的怒气又升起来，肌肉绷紧，鼻子里哼了几哼，但是，用咱们里维埃拉的话说，“阿瓜赛何涕[1]”？

现在那冲什么的也于事无补。

咱们伍斯特一向吃得了苦。我悻悻地点点头，又叉起一块炒蛋。

“行啦，吉夫斯。”

“遵命，少爷。”

1　法语：à quoi sert-il，意为有什么用。

图书在版编目（CIP）数据

万能管家吉夫斯. 4，行啦，吉夫斯 / (英) P.G.伍德豪斯(P. G. Wodehouse) 著 ; 王林园译. -- 南京 : 江苏凤凰文艺出版社, 2018.9

（读客外国小说文库）

书名原文: Right Ho, Jeeves

ISBN 978-7-5594-2609-3

Ⅰ. ①万… Ⅱ. ①P… ②王… Ⅲ. ①长篇小说—英国—现代 Ⅳ. ①I561.45

中国版本图书馆CIP数据核字（2018）第171784号

图字：10-2018-152号

书　　名　**万能管家吉夫斯. 4，行啦，吉夫斯**

著　　者　（英）P.G.伍德豪斯
译　　者　王林园
责任编辑　丁小卉　姚　丽
特邀编辑　顾珍奇　刘　雨
责任监制　刘　巍　江伟明
策　　划　读客文化
版　　权　读客文化
封面设计　读客文化　021-33608311
出版发行　江苏凤凰文艺出版社
出版社地址　南京市中央路165号，邮编：210009
出版社网址　http://www.jswenyi.com
印　　刷　三河市龙大印装有限公司
开　　本　890mm x 1270mm　1/32
印　　张　9
字　　数　193千
版　　次　2018年9月第1版　2018年9月第2次印刷
标准书号　ISBN 978-7-5594-2609-3
定　　价　42.00元

如有印刷、装订质量问题，请致电010-87681002（免费更换，邮寄到付）